Estórias do
seu Jair

CIP-BRASIL. CATALOGAÇÃO NA PUBLICAÇÃO
SINDICATO NACIONAL DOS EDITORES DE LIVROS, RJ

J65e   Jojohn, Antony
          Estórias do seu Jair : e outras tretas / Antony Jojohn. – 1.
        ed. – Porto Alegre [RS] : 2023.
          176 p. ; 16x23 cm.

          ISBN 978-65-5863-243-6
          ISBN E-BOOK 978-65-5863-244-3

          1. Crônicas brasileiras. I. Título.

        23-86461   CDD: 869.8
                                CDU: 82-94(81)

        Gabriela Faray Ferreira Lopes – Bibliotecária – CRB-7/6643

ANTONY JOJOHN

Estórias do seu Jair

e outras tretas

PORTO ALEGRE, 2023

© Antony Jojohn, 2023

Capa:
Nathalia Real

Diagramação:
Júlia Seixas

Editoração eletrônica:
Ledur Serviços Editoriais Ltda.

Reservados todos os direitos de publicação ao Autor

Impresso no Brasil / Printed in Brazil

Agradecimentos

Obrigado ao espetacular Luiz Fernando Moraes, que me tirou da zona de conforto para escrever na sua plataforma SLER e tolera meus atrasos com inesgotável carinho. Obrigado à esplêndida Fada Verde (@FadaVerde10 do Twitter), que, apesar do nome, não é uma viagem lisérgica, mas uma amiga querida e revisora semanal dos meus textos. Obrigado à minha família, da qual eu sumo para escrever e retorno para ler pra eles em voz alta os textos nos horários mais inconvenientes. Obrigado à amada Loula. Obrigado aos meus pais. Obrigado à Xuxa. Obrigado à Gata Fiona, que insiste em deitar-se no teclado enquanto eu digito. Obrigado especialmente aos meus filhos, para quem eu dedico este livro como geração futura que precisa aprender e saber reconhecer os riscos da extrema direita.

Sumário

Tias do Zap, a origem 9
Eu, supremacista?! 12
A mitologia bolsonarista 14
Yanomamis *versus* Crucifixo na vagina 18
Meu vizinho golpista 21
Capivaras na Disney 25
Antenas Haarp 28
Bolsonaro Beach 32
Regina Duarte 36
Oito motivos pra Noé ter barrado os bolsonaristas na arca 40
Moro, Padre Kelmon, Onyx e outros bedéis 43
72 horas 46
Sunday Bloody, Sunday bolsonarista 49
A saga da mamadeira-de-piroca 52
A marcha sobre Brasília 55
Procuram-se Bolsonaros 58
Santacatarinização 62
Infiltrados 65
Do *golden shower* ao BACEN 69
Fazuele 73
O Hino Rio-Grandense e a mamadeira-de-piroca 77
Alô, Deltan? Aqui é o Deltan 83
Os fascistas mataram Cau 88

Dia do Patriota 94
Barbie bolsonarista 98
A Barbie esquerdista 102
O astrólogo Olavo de Carvalho 105
Pistolinha, Andressa Urach, Mauro Cid *et. al.* 109
Rodrigo Hilbert, a encarnação do anticristo 112
Desvanecente existência 115
Pedro de Lara lá, lá, lá, lá, lá 118
Cancelaram Plutão 123
UberBras: seus problemas acabaram 126
A história recente da punheta 129
Geração Ozempic 133
Politicamente correto 139
Todx 143
Os primeiros dias 147
O inesquecível chulé do meu All Star 151
Capão da Canoa 155
Capão da Canoa 2 159
Carnavais de Laguna 163
Mãe é mãe e vice-versa 169
#FelizNatal 174

Tias do Zap, a origem

Jovens transpirando hormônios.
Um final de semana em uma cabana longe da civilização...
Sexo, drogas, bebidas e *rock and roll*.
A chave da cabana alugada está em um posto de gasolina abandonado, onde um velho caolho de macacão azul-escuro coleciona animais empalhados.
A fumaça da maconha embaça o vidro da Kombi azul-calcinha que percorre a estrada de chão até chegar na casa de madeira localizada na beira de um lago.
O mais descolado da turma desce do veículo, tira a roupa, fica de cueca e vai pra água. Logo em seguida é imitado pelos demais.
O lago se agita com a algazarra dos corpos juvenis seminus. A gordinha *nerd*, que desde o começo achou uma péssima ideia ir no passeio, mas cedeu para agradar o grupo, carrega sozinha as mochilas pra dentro da cabana.
A noite cai.
O rapaz forte pega o machado e vai buscar lenha pra lareira.
Sente-se observado enquanto recolhe a madeira, mas acha que é efeito da maconha.
Procurando uma vela, os jovens descobrem um alçapão que leva pro sótão, e lá encontram um livro com capa de pele humana, com um grande cadeado e escritos antigos. A *nerd* reconhece que se trata de uma língua morta que diz, em resumo, que não devem abri-lo sob hipótese alguma, sob risco de morte e maldições indescritíveis.
Em minutos, os jovens embriagados iniciam a leitura do livro. Sons assustadores começam a vir da rua, e a menina loira começa a agir estranhamente...
De tempos em tempos abrem-se portais, liberando feras irracionais.

Feras que dormem nos cantos menos iluminados das almas. Tão discretas que às vezes passam despercebidas pelos próprios donos. Mas no fundo eles sabem que elas estão lá. Quando olham a escuridão; a escuridão os encara; sentem-se acolhidos, confortam-se naquela respiração familiar do filho diferente.

Então vemos conhecidos pedindo golpe de estado, esbofeteando repórteres, acreditando que o Lula está morto e foi substituído por um dublê, tentando invadir delegacias, colocando bombas em aeroportos e/ou crendo que o indefectível Gen. Benjamin Arrola assinou prazos fatais para o Alexandre de Moraes.

Você nunca tinha visto como doido varrido aquele seu vizinho atencioso que se oferecia pra cuidar da sua casa quando você ia pra praia, nem o médico competente que cuidou de você na doença ou tampouco o colega de trabalho parceiro de cervejada.

– "Mas o PT destruiu o Brasil!!!"

OK, o segundo governo Dilma foi um fracasso. Acontece que o que mais ela fez foi destruir as conquistas do Lula, não deixou o país em uma situação pior do que o PT tinha encontrado. Perto dos governos Sarney, Collor e Bolsonaro, Dilma Rousseff foi uma Margaret Thatcher dos trópicos.

– "Ain, e a corrupção? O gerente da Petrobras devolveu quase R$ 300 milhões!" É verdade, assim como é verdade que Pedro Barusco recebia propina desde muito antes do primeiro governo do PT, segundo seu próprio depoimento; então não venham com esse papo de que a esquerda inventou a corrupção, apesar de ter sabido muito bem manejá-la.

– "Mas e a peça de teatro com um cara com o dedo no toba do outro?" Ahã, bons mesmos eram os filmes que você via em canal aberto nas madrugadas da Bandeirantes, as revistinhas pornô de quadrinhos e os contos eróticos da *Ele Ela*: – Sem se fazer de rogado, penetrou-a com seu mastro duro. Mas, claro, o que vai destruir a ilibada família brasileira é uma peça de teatro que passou na casa do caralho para meia dúzia de almas penadas durante o governo do PT.

As feras das Tias do Zap se soltaram muito fácil. Estavam amarradas por um fio de cabelo em um pé de dente-de-leão; nem precisou abrir o livro amaldiçoado para elas saírem metendo o terror. As feras em questão mal e mal eram escondidas; se tanto, tinham uma caminha na área de serviço e passeavam de manhã cedo na frente do prédio da Avenida Barata Ribeiro.

A verdade é que o tesão fascista sempre rondou as madrugadas insones das pensionistas solteiras de militares, saudosas de um tempo inexistente, procurando a pureza que jamais passou sequer perto das suas vidas.

E lá se vão as Tias e os Tios do Zap, com a empáfia da Casa Grande, que na realidade sempre foi um apartamento de classe média financiado pelo BNH, empunhando a bandeira da meritocracia, depois de terem a vida garantida por uma alguma pensão ou sinecura do Estado, pra mais um dia na frente do quartel lutar contra o comunismo...

Talvez se os jovens fizessem um pentagrama com sangue de virgens no chão da cabana e de mãos dadas repetissem *civilização* dez vezes, conseguissem fechar o portão infernal e libertar da maldição as pobres Tias do Zap (se der errado, então que pelo menos consigam a liberação dos bingos, e 90% dos problemas estarão solucionados).

Eu, supremacista?!

Esqueça Kafka! Um belo dia você não vai acordar um inseto. Também não vai acordar vestido com lençóis brancos e uma cruz queimando no quintal; ou com uma suástica no braço e uma foto do Führer no criado mudo.

Mas NÃO fique tranquilo! A metamorfose pode ter começado. Ou você acha que se encontrasse o Duce no *happy hour* vocês não poderiam curtir bons momentos? Sim: um cara bonachão, piadista, conhecedor de artes, notívago, do tipo que você gostaria de passar as férias juntos, apesar do mau gosto da camisa negra.

Himmler era um cristão fervoroso, casado com uma enfermeira, pai de uma linda filha. Esse adorável casal ainda adotou um órfão! Todos brincavam nos domingos ensolarados com o cãozinho Töhle. Que vizinhos dos sonhos, hein?

A metamorfose é sutil: o riso amarelo diante da piada racista vai se tornando uma gargalhada (não estamos prejudicando ninguém, parem de mimimi!); a chacina na favela vai virando CPFs cancelados (mas, afinal de contas, todos eram bandidos, né?); torturador se transforma em defensor da família cristã (evitou que os comunistas transformassem seu quarto de TV em um abrigo de sem tetos!).

Há ainda coaches para ajudar na sua metamorfose!

Pasme, eles não precisam ter um bigodinho de broxa embaixo do nariz, nem uma camisa negra e um soco-inglês, simplesmente já avançaram bastante nessa transformação. Às vezes, têm uma juba proeminente, uma pele alaranjada, um passado repleto de prostitutas, *golden showers*, traições, roubos e mentiras e, atualmente, são considerados a atalaia da impoluta família *cristã* conservadora. A mudança apaga o passado, você se torna apenas a transformação.

Esses *Cidadãos-de-Bem* são encontrados aos borbotões em certas igrejas e estarão sempre prontos a mostrar o perigo da mamadeira de piroca transformar nossas crianças em pequenas *drag queens* a serviço do globalismo do George Soros. No entanto, não espere hóstia, mas muita *red pill*.

Redpillado, você descobrirá que a Ilha de Marajó faz fronteira com a Guiana e o Suriname, e lá uma seita comunista-satanista (termo que é praticamente um pleonasmo!) sequestra crianças e bebês, arranca-lhes os dentes, ministra-lhes dietas pastosas, tudo para satisfazer sua lascívia de sexo oral e anal.

Aliás, esses coaches estão supervalorizados hoje em dia, e não raro são Ministros, Deputados, Senadores e Presidentes da República.

Pra saber se você está indo bem, repare nos detalhes: você começará rechaçando a mediação tradicional da informação ao descobrir que ela mente pra você; concomitantemente, vai mergulhar de cabeça em programas do YouTube onde um apresentador que até pouco tempo defendia que a punheta mata neurônios, vai lhe ensinar uma nova maneira de ver o mundo sem os antolhos do esquerdismo.

Depois do conhecimento, virá a raiva: da imprensa, dos pobres, das minorias, da ciência tradicional, dos nordestinos, das vacinas, das universidades... A raiva, aliás, se tornará seu Tamagotchi a ser alimentado várias vezes ao dia com novidades do grupo do zap, redes sociais e Telegram.

Mas também você regozijará com seus novos amigos, todos, sem exceção, *Cidadãos-de-Bem*, *Cristãos* e, principalmente, *Patriotas*. Verá que ter perdido o emprego lhe abriu a possibilidade de ser seu próprio CEO de MEI, um Hang em formação a caminho da sua própria Estátua da Liberdade.

E assim um dia você acordará diferente e talvez tenha dificuldades de dirigir seu Uber-Alugado com suas asinhas marrons e as antenas saindo pelo teto solar...

A mitologia bolsonarista

Cronos era um carinha complicado. Já havia castrado o pai, Urano, quando ouviu do oráculo que seria derrotado por um dos seus filhos. Solução: devorar os filhos logo após o nascimento! Daí, mandou sua esposa, que também era sua irmã, Reia, lhe entregar os filhos após o parto e os comeu um por um. Como sempre existe um filho mais querido, Reia escondeu Zeus e enganou Cronos oferecendo uma pedra enrolada em um pano.

Zeus foi criado escondido em uma caverna em Creta e, quando cresceu, conseguiu o apoio de Métis, a Prudência, para ser vingar do pai. Então, Métis deu para Cronos uma poção mágica que o fez vomitar os filhos devorados. Os vomitados, liderados por Zeus, cagaram Cronos a pau e passaram a controlar o Olimpo.

Jair Bolsonaro também devorou Gustavo Bebianno depois do oráculo Carluxo antever que ele o trairia. Bebianno era o presidente do partido do seu Jair nas eleições em que ele se sagrou vitorioso, e também amigo desde 2017, quando defendeu na justiça – pro bono –, o então deputado federal. Acompanhou Jair no episódio da facada e foi um dos primeiros ministros anunciados depois da eleição.

Bebianno foi cercado, destroçado e devorado por um cardume de barracudas comandadas pelo Presidente da República, com Carluxo coordenando o flanco das redes sociais, Mourão e Carla Zambelli à frente política, Sérgio Moro a jurídica e o resto do gado bolsonarista mastigando até a última nesga de dignidade do traidor.

No estertor, Bebianno atacou de oráculo, vaticinando o destino do seu Jair: "O desleal, coitado, viverá sempre esperando o mundo desabar na sua cabeça".

Então, um belo dia, logo em seguida, Mourão, que havia chutado Bebianno caído para agradar a família Bolsonaro, entra no cardápio do seu Jair...

Marcos Feliciano, o deputado que gastou R$ 157 mil de verba pública para fazer um tratamento odontológico, usou seus dentinhos de ouro pra dar a primeira mordida no Vice-Presidente, protocolando seu *impeachment*. – Nunca antes nos primeiros cem dias de governo, um vice-presidente agiu de maneira indecorosa, indelicada, desdizendo tudo que um presidente da República diz, disparou Boquinha-Dourada em discurso na Câmara Federal.

Na medida em que Mourão angariava *likes* nas redes sociais por se mostrar alguém mais ponderado do que o seu Jair, vieram as dentadas do Carluxo, primeiro divulgando um vídeo do autointitulado Filósofo Olavo de Carvalho, em que ele dizia que as escolas das Forças Armadas haviam "destruído os políticos de direita". Em seguida, Olavo de Carvalho postou em seu perfil no Instagram que Mourão deveria se limitar à "única função que desempenha bem, de modelo".

Carluxo ainda caiu de boca no Vice-Presidente, acusando-o de desmerecer a facada do pai, chamando-a de vitimização e de estar atacando seu Jair para roubar o seu cargo. Os gados bolsonaristas agiram como abutres, arrancando os nacos de carne que ainda estavam pendentes dos ossos de Mourão. Não sendo demissível, o Vice-Presidente vai se esconder do Cronos-Bolsonarista na caverna o restante do mandato...

A chacina continuou com o General Santos Cruz vindo à mesa. Contrário ao loteamento da comunicação do Palácio do Planalto aos olavistas, o fervoroso defensor de Sérgio Moro caiu em desgraça com o 02. Segundo o General, Carluxo teria forjado uma conversa de WhatsApp para desgastá-lo com o pai e, logo depois, passado a desancá-lo nas redes sociais em dobradinha com o astrólogo Olavo de Carvalho.

Olavo publicou que, sem ele, Cruz estaria "levando cusparadas na porta do Clube Militar e baixando a cabeça" e que o truque do General era "camuflar sua mediocridade invejosa sob trejeitos de isentismo e acusar de extremista quem o supera intelectualmente", além de não passar de uma "bosta engomada".

Pouco tempo depois era anunciada a demissão do General.

Então Sérgio Moro, que se julgava o filho preferido, aquele que seria trocado por uma pedra enrolada em um pano, pois, afinal, havia dado a presidência ao seu Jair ao mandar prender seu adversário, descobre que seu destino não seria diferente dos demais. A *conja* do Ministro da Justiça chegou a dizer que via Sérgio Moro e Jair Bolsonaro como uma coisa só, enquanto Carla Zambelli publicava fotos com o ex-juiz, de padrinho do seu casamento.

Depois de demitir o diretor da Polícia Federal sem consultar o Ministro da Justiça, seu Jair recebeu o pedido de demissão do mentor da Lava-Jato. Moro saiu disparando que seu Jair queria intervir na PF pra preservar sua família e que, além de mentiroso, era covarde e corrupto.

Mas, daí, Moro se deu conta de que era a presa e não o predador quando as piranhas das redes sociais do Carluxo, e os jornalistas de programa do seu Jair passaram a arrancar suas carnes sem dó, acusando-o de traíra oportunista que pretendia roubar a presidência da República. Após a PGR arquivar a representação de Moro, seu Jair disparou na sua *live* que restara provado que o juiz era um "traíra mentiroso". No Dia do Amigo, nem a Carla Zambelli poupou o ex-juiz, postando sobre sua foto: "Hoje é dia de lembrar da oração Pai-Nosso: 'e livrai-nos do mal, amém'".

Verdade seja dita: Moro foi vomitado para acompanhar seu Jair no debate do 2.º turno das eleições presidenciais, mas, na sequência, o partido do seu Jair pediu a cassação do seu mandato de Senador. – Volta pro estômago do papai, juizinho...

Outra também achava que ia ser substituída pela pedra enrolada no pano era a Carla Zambelli, a mais subserviente bolsonarista, alguém que chamaria o *golden shower* de chuva agradável se viesse do seu Jair e dormiria com as emas do Palácio se essa fosse a vontade do Duce.

Desde que a *Patriota* resolveu perseguir de arma em punho, com seus seguranças, um negro desarmado às vésperas da eleição, seu Jair a culpa pela derrota eleitoral.

Então eis que a *Cidadã-de-Bem* decide dar uma entrevista para a *Folha de SP* dizendo que seu Jair deveria ter interferido na tentativa de golpe, o presidente era o Lula e as críticas ao STF deveriam cessar...

A primeira dentada veio com a divulgação de que a "Cristã-Defensora-da-Família-Tradicional" assinava o *site* pornô *Brasileirinhas*, o que foi negado pela genial Carla, talvez na esperança de que alguém acreditasse tratar-se de algo envolvendo anãs patriotas.

Em seguida as redes sociais passaram a insinuar que a Deputada Conservadora teria exercido a profissão mais antiga do mundo na Espanha, daí seu apelido de *espanhola*, o que também pode ser identificado com a habilidade de fazer um tal "aperto no peito". Além disso, foi vazado um vídeo onde um suposto ex-marido contava o aborto que a Defensora da Família havia feito.

As redes sociais da deputada perderam 10 mil seguidores em menos de 24 horas, com o gado-lobotomizado garantindo que não vota mais nela nem com banda de música.

Bolsonarismo é antes de tudo traição, senso de autopreservação mesquinho, vil, rasteiro; um antro em que traidores temem ser traídos o tempo todo e passam a trair e destruir como medida preventiva; uma corja de familiares medíocres e mafiosos que só se importam consigo mesmos e, não interessa o quanto terceiros tenham lhe ajudado a conquistar o poder, ser trocado pela pedra enrolada no pano só funciona pra quem carrega esse sobrenome. Como disse Bebianno: "o desleal, coitado, viverá sempre esperando o mundo desabar na sua cabeça".

Yanomamis *versus* Crucifixo na vagina

A ex-ministra da Mulher, Família e Direitos Humanos Damares Alves soube de fonte segura de um esquema de tráfico internacional de crianças da Ilha de Marajó, no Pará, para a Guiana e o Suriname. Depois que cruzavam a fronteira, os brasileirinhos tinham os dentes arrancados e recebiam dieta pastosa para facilitar o sexo oral e anal.

Em 2019, Damares disse, maravilhada, em um evento conservador, que "ninguém tinha lhe oferecido maconha e nenhuma menina havia enfiado um crucifixo na vagina", demonstrando que, antes do governo do seu Jair, o dia a dia brasileiro era uma mistura de Cheech & Chong e Poltergeist.

Às vésperas de assumir o ministério, Damares contou que tentou se matar tomando veneno em cima de uma goiabeira e só desistiu quando viu Jesus. Não vou duvidar da epifania alheia, mas subir logo em um pé de goiaba, que é liso como uma enguia besuntada de KY?

A ex-Ministra já havia revelado que muitos hotéis-fazenda no Brasil são usados para "turista ir transar com animais", então, aquela piscadela que você ganhou da cabrita na entrada da pousada rural pode não ter sido sua imaginação...

Apesar de ter descoberto tantas coisas inimagináveis, passaram desapercebidas pela pastora Damares 570 crianças yanomamis mortas durante os 4 anos do seu ministério por fome, envenenamento e malária. E não foi por falta de aviso: 21 ofícios reportando a tragédia foram encaminhados, 3 decisões judiciais tratando do assunto foram tomadas.

Acho que faltou nesses ofícios e decisões um enfoque mais enfático do ponto de vista conservador. Ao invés de crianças yanomamis morrem de fome, deveria ter sido algo do tipo: índios fazem surubas satânicas com guaxinins bebês incentivados pelo Foro de São Paulo; ou indiozinhos usavam cocares rosa e indiazinhas azuis; ou que ONGs chinesas ensinavam ideologia de gênero na tribo; ou que os silvícolas utilizavam banheiro unissex. Se as coisas tivessem sido bem expostas, o governo teria agido.

É que um cristão-cidadão-de-bem-patriota não se comove com mimimi da esquerdalha como morte por fome, envenenamento e doença, até porque está ocupado tentando achar a fronteira da Ilha de Marajó com o Suriname e/ou fugindo de crucifixos na vagina.

Afinal de contas, nada disso teria acontecido se aqueles indiozinhos estivessem vendendo artesanato em uma sinaleira, ou seus pais trabalhando de Uber em alguma cidade. Preferiram ficar na mamata da aldeia, e agora querem culpar o governo do seu Jair!?! Patifes!!! Comunistas!!!

Como pretender que o governo do seu Jair expulse os garimpeiros das terras yanomamis? O cara sai de casa, vai empreender na casa do caralho, no meio do mato, cercado de índios encardidos, ONGs hostis, e o governo vai ser contra esse trabalhador? Todo mundo achava lindo os pioneiros loiros metendo bala nos peles vermelhas pra conquistar o velho oeste, mas, se é brasileiro, basta colocar um mercuriozinho na água que já salta um comunista pra denunciar envenenamento de índios. É o tal complexo de vira-lata que nos condena ao eterno subdesenvolvimento!

Como diria o patriota Paulo Guedes, meritocracia!

Ninguém sabe onde fica Roraima! Mas se tivesse um cassino naquele "onde-o-judas-perdeu-as-botas", os índios que não estivessem cuidando da limpeza poderiam empreender como MEI de Uber, flanelinha, garçom; e nem precisa dizer que uma índia bonita sempre pode faturar como acompanhante (e sequer paga imposto, hehehe). Isso sem contar que, acabando a palhaçada de reserva indígena, o governo poderia construir um Minha Casa Minha Vida para esses brasileirinhos morarem num apartamento de 42m2!

No mundo em que transita a ex-Ministra, a crise yanomami é pequena e tem que esperar na fila atrás das crianças traficadas na fronteira da Ilha de Marajó com o Suriname, locais que, a propósito, não fazem fronteira.

– Ué, mas deixar morrer crianças de fome é defender a família? É cristão?

Primeiro lugar, a Família deve ser branca, urbana e de preferência com alguma filha solteira pensionista de militar, essa é a essência do povo brasileiro na leitura dos conservadores do seu Jair e, quanto à exigência da branquidão, basta o sentir-se diferente do negro, do índio e do mameluco para que a pele amorenada fique alva. É que a questão não é exatamente a cor da pele, mas o sentido de supremacia que confere ao bolsonarista o direito inalienável de tratar o porteiro e a empregada como merecem ser tratados. Índio anda pelado, vive coletivamente e não vota no seu Jair, ou seja, é praticamente um comunista e, comunistas, querem destruir a família. Por isso, o conservador não mente quando afirma defender a família brasileira; cabe ao intérprete colocar as coisas nos seus devidos lugares.

Nesses dias conturbados, Cristão também não deve ser confundido com alguém que segue os preceitos de Cristo. Há uma guerra, e os conservadores bolsonaristas são os cruzados batalhando contra o comunismo, que acabará com a religião. Então não lhes negue essa condição quando uma guerreira como a Carla Zambelli persegue um negro desarmado com seus seguranças, patriota bate com o 38 no vidro do carro da frente no semáforo por causa de uma buzinada ou se deixam 570 crianças yanomamis morrer de fome.

Às vezes ser irônico dá vontade de vomitar!

570 crianças mortas!
570 brasileiros mortos!
570 seres humanos mortos!

Canalhas, patifes, ordinários, chorumes, lixos, vagabundos, anticristos, hipócritas, nojentos, asquerosos, biltres.

Meu vizinho golpista

Giovinezza

Salve o popolo d'eroi,/ Salve o patria immortale, Son rinati i figli tuoi/ Con la fede e l'ideale./ Il valor dei tuoi guerrieri,/ La virtù dei tuoi pionieri,/ La vision dell'Alighieri/ Oggi brilla in tutti i cuor.
Giovinezza, giovinezza,/ Primavera di bellezza,/ Per la vita, nell'asprezza,/ Il tuo canto squilla e va!

Salve, ó povo de heróis!/ Salve, ó pátria imortal!/ Os seus filhos renasceram/ Com a fé e com o ideal./ À bravura dos seus soldados,/ A virtude dos seus pioneiros/ E a ampla visão de [Dante] Alighieri/ Brilham hoje em cada coração.
Juventude, ó juventude,/ Primavera cheia de beleza,/ Pela vida, nas dificuldades,/ O seu canto segue ressoando!

Patriotismo, virtude, juventude e beleza: alguém pode ser contra isso? Essas qualidades podem ser ruins? Ou fonte do mal? Giovinezza foi adotada como hino pelos fascistas italianos e as exaltava, juntamente com a família, liberdade e a propriedade.

As *Fasci di Combattimento* do Mussolini nasceram no final da 1.ª Guerra, numa Itália vencedora que não foi chamada à mesa dos vitoriosos, onde sindicatos e ligas campesinas, com suas greves e coletivizações, no contexto revolucionário comunista russo, sacudiam a vida do italiano comum.

Aqui, as hordas de idosos com camisa da seleção pra dentro da bermuda de sarja, barriga transbordando sobre o cinto social, sapatênis e meia preta, bradam salvar o Brasil do comunismo, mamadeira-de-

-piroca e da ideologia de gênero do PT, com base na teoria da conspiração do grupo do WhatsApp.

— E quem não se lembra das crianças chegando da escola vestidas de *drag queens* trazidas em kombis escolares dirigidas por pedófilos no governo do Lula! E dos banheiros unissex no da Dilma? E as intermináveis orgias nas universidades públicas em ambos?

Mas isso nunca aconteceu, vizinho!

— Foda-se, não nos interessa a realidade! O grupo do Zap revelou a verdade; Olavo de Carvalho ressignificou nossas próprias lembranças! Overdose de *red pill*! Estamos cagando se estávamos empregados, vendendo mais, comprando mais e indo mais pras universidades no governo petista; isso tudo era morfina para não percebermos a revolução comunista que se desenrolava na nossa cara.

— Nem ouse lembrar que o Felipe Neto recebeu a polícia na sua casa porque chamou seu Jair de genocida, o mesmo Felipe Neto que esculhambou o PT o tempo todo e antes nunca havia sido incomodado, pois é apenas o mito que defende a liberdade de expressão.

— Também, não venham chamar de ativismo judicial o Nine ter sido preso e impedido de concorrer à presidência pelo juiz que seria ministro do Messias, pois o único ativismo judicial é o STF proibindo a difusão estatal de mentiras para incentivar o golpe militar, charlatanismo assassino na pandemia e/ou chamamentos para "esfregar a cara de seus ministros no asfalto"!

O fascismo brasileiro é acima de tudo um surto coletivo, sem base na realidade, uma massa idiotizada que iria cantando o Hino Nacional para a Guiana tomar o suquinho do Jim Jones e pegar a nave de luz que a levará para o paraíso conservador, um lugar onde a cloroquina brota em fontes, bancos de praça têm pinos para aplicação de ozônio e toda a produção científica vem de grupos de WhatsApp.

Basta ver que o cara, símbolo da impoluta-família-cristã-conservadora, se casou 3 vezes, quis abortar seu filho Renan; comanda uma família que, vivendo da política, comprou 102 imóveis, 51 deles com dinheiro; raramente é visto convivendo com a esposa; tem relações com a milícia e pulou de religião em religião.

— Tá, e agora quer me convencer que o PT é honesto?!?

Não, vizinho, apenas ficaria satisfeito se você conseguisse olhar as coisas como elas são: que, em termos de vantagens pessoais, um sítio em Atibaia e um apartamento no Guarujá valem bem menos que 102 imóveis; que o dinheiro da corrupção petista também foi usado para comprar o Centrão que existia antes dele e que também apoia seu Jair; e que o Lula nunca fez proselitismo de ideologia de gênero e aborto.

Aliás, não me lembro de você trancando estradas quando a Dilma, que tem um apartamento na Tristeza, em Porto Alegre, sofreu *impeachment* por reles pedaladas fiscais, Pequenas Causas perto do Orçamento Secreto.

Sim, há petistas defendendo banheiros unissex, aborto e ideologia de gênero, assim como bolsonaristas a tortura, terra plana, cloroquina e Ratanabá como a pátria ancestral do conservadorismo brasileiro.

Mas, vizinho, de boa: defender intervenção militar é foda! Lembra do que é um DOPS? Lembra das pessoas sumindo? Militar metendo rato na vagina das mulheres? Choque no saco dos malucos? Espancamento de grávidas? Da censura cortando letra de MPB em nome da moral e dos bons costumes? Ofício da censura antes da exibição dos filmes? Essa é a liberdade de expressão que você pede na frente dos quartéis? Os caras estão rindo de você, velho! Você esqueceu de tudo?

Qual vai ser a próxima? Acampar na frente de quartel pedindo a volta do telefone de ficha, XR3 conversível, afogador e mimeógrafo? Loco, até seu Jair tem espelho para saber que não é nenhum Marechal Castelo Branco; ele aprovou 2 projetos em 26 anos de Congresso, nunca pisou na iniciativa privada, trabalha menos de 4 horas por dia e tá todo enrolado em rachadinha! Você acha que o exército vai dar o golpe pra colocar logo ele no poder?

Já faz quase uma semana que vejo a luz da sua casa apagada, e não sei se você está pedindo golpe militar na frente de um quartel, queimando pneus em rodovias ou arrancando petistas de carros no cacete. Rezo que não seja você na frente daquele caminhão.

Eu sei, vizinho, você não deseja o mal para o seu semelhante. Acontece que todo mundo que não pensa como seu influenciador do You-

Tube é diferente, não é seu semelhante, até gente da sua família. Não adianta ficar invocando Família, Liberdade e Propriedade fazendo gesto nazista, expurgando petistas e agredindo jornalistas. Essas coisas são importantes, mas quando elas se tornam a bandeira de um movimento, corra, que se abriram as portas do inferno.

    Tenho atirado comida por cima do muro, mas seu cachorro sente falta de você, sua família e amigos querem você de volta. Desliga um pouco do Twitter, larga mão do Face, cai fora do YouTube. A vida não está no grupo do WhatsApp. Olha em volta, pensa um pouco. Vou colocar aquela gelada no frízer pra tomarmos na frente de casa, como sempre fizemos.

Capivaras na Disney

A extrema direita bolsonarista, rotineiramente acusada de não ter empatia com o próximo, protagonizou esta semana momentos de pura ternura ao defender a Capivara Filó.

Filó foi criada pelo TikToker Agenor Tupinambá, que, na versão bolsonarista, seria tipo um Tarzan, um ribeirinho se integrando com os animais da floresta no modelo Sessão da Tarde.

No enredo, o IBAMA seria o cara mau que apreende a Filó, separando-a do seu melhor amigo, do lar amado, para transferi-la para uma gaiola fétida e ainda multar o pobre Tarzan, enquanto a extrema direita seriam Os Goonies, amigos bacanas dispostos a enfrentar todos os perigos para fazer valer a amizade verdadeira de Filó e Agenor.

Então, de uma hora para outra, aqueles que debochavam de pessoas morrendo sufocadas na pandemia, os que negavam a própria doença, se engajaram nas campanhas *Free Filó, Somos Todos Filó, Ninguém Solta a Mão da Capivara...* A Deputada bolsonarista Joana Darc invadiu a sede do IBAMA, exigindo a libertação de Filó, enfrentando os seguranças e alternando histeria, crises de choro e demonstrações de autoridade. Ao invés de acabar na fogueira, como sua homônima francesa, a nossa Joana Darc acabou lacrando lindamente nas redes sociais com seu *heroísmo*.

Uma pena que a Joana Darc manauara estivesse ocupadíssima no Instagram quando surgiu o escândalo dos yanomamis em situação de absoluta miséria, suas crianças morrendo de fome e envenenadas, seus idosos parecendo etíopes nas secas, pois só isso explica não ter emprestado sua coragem para expulsar garimpeiros ilegais das terras indígenas.

Roger Moreira (@roxmo), ex-vocalista do Ultraje a Rigor, famoso pela canção Inútil ("a gente somos inútil"), aquele que não se abalou com a morte de 700 mil brasileiros na pandemia, levou o debate para o campo do liberalismo e criticou o governo, que "tem mania de achar que sabe de tudo e se meter onde não é chamado", impedindo a Filó de viver "no seu hábitat natural".

O perfil bolsonarista Pilhado (@opilhado) protestou contra a "lacração hipócrita", que resume o "famoso o 'amor venceu'". Arrematou o Twiteiro: "o amor mentiroso destruindo o amor de verdade! Isso é o Brasil de hoje."

Sérgio Camargo, ex-Presidente da Fundação Palmares, aquele que se apressou em afirmar que a morte por espancamento do congolês no Rio não tinha a ver com racismo, o mesmo que excluiu da lista de personalidades negras Madame Satã e Benedita da Silva, postou uma foto do Lula com a Luisa Mell, a qual havia defendido o retorno da Capivara à natureza, e do Agenor Tupinambá com a Filó, com o título: "as escolhas de uma pessoa definem seu caráter".

De concreto, sabe-se que Agenor não é exatamente um ribeirinho, aquele morador da margem de rio amazônico na divisa da civilização com a floresta, para o qual é normal a integração com alguns animais selvagens que se domesticam pela proximidade e a comida. O pai da Capivara é um estudante de agronomia que tem uma fazenda de criação de búfalos em uma área invadida e irregularmente desmatada.

A própria multa recebida por Agenor não diria respeito exclusivamente à Filó; também abrangeria outra Capivara e uma Preguiça, que teriam morrido depois de serem capturadas por ele, além de uma Jiboia, Paca, Aranha e Coruja, que teriam sido indevidamente aprisionadas para servir de chamariz em vídeos que o rapaz faz para o TikTok.

Na Terra do Tio Sam, o governador da Flórida, republicano Ron DeSantis, trava uma cruzada contra a Disney depois de ela se opor à lei por ele instituída e que foi apelidada de "Don't Say Gay", proibindo a educação sexual nas escolas. Ron retaliou o parque assumindo o distrito onde ele se localizava e o qual há muitos anos havia sido cedido pra Disney.

Pesquisas mostram que a guerra contra a Disney melhorou a percepção de Ron, que pretende disputar a presidência, junto ao eleitorado norte-americano. DeSantis é acusado de manipular dados da

COVID para promover uma abertura econômica mais rápida do seu estado em detrimento de milhares de mortes evitáveis.

A extrema direita atual transita preferencialmente longe da realidade, dos problemas concretos, delira para não ter que enfrentar os fatos. Ao mesmo tempo em que finge se comover com uma capivara, mostra-se indiferente ao aumento do desmatamento no Amazonas relatado por satélites, as mortes por COVID, crianças índias envenenadas, etc.

Num mundo em guerra, saindo da recessão pandêmica, com debates urgentes sobre taxa de juros, inflação e intervenção estatal desenvolvimentista, a direita radical se alterna entre um discurso infantil de Sessão da Tarde, com capivaras e ribeirinhos, e outro delirante de hospício com suas mamadeira-de-piroca, URSAL, vacina causando AIDS, etc.

Então milhares de Tios e Tias do Zap seguem como zumbis na mescla Sessão-da-Tarde-Hospício, trocando o mundo real por esse País das Maravilhas Radicais, perdendo pouco a pouco o contato com a realidade, suas relações familiares e sociais.

A direita radical oferece as respostas simples, as quais empoderam as massas quando dizem que todos a enganavam, e finalmente elas tiveram acesso à verdade de poucos. É, no final, um *status* social diferenciado, um reconhecimento intelectual e um lugar de fala em um mundo que nunca lhes deu bola. Então vem bem a calhar uma capivara, guerra contra a Disney, mamadeiras-de-piroca, ameaças comunistas, gayzificações, etc., pois isso foge das questões que demandam raciocínios mais complexos e se acomodam com verdades embaladas. Os pensamentos rasos vão gerando um desengajamento moral onde mortes de crianças índias valem menos que o amor *fake* do Agenor pela Capivara.

Antenas Haarp

No meio da manifestação golpista, uma senhora com a camisa da seleção começa a explicar o clima: "Os caras tão mandando chuva. Haarp. São poucos hoje os que não sabem o que são antenas Haarp, viu, é bom, né, o povo não é mais besta, não, viu. A gente sabe que é (*sic*) antenas Haarp e que essa chuva e esse tempo não é (*sic*) por causa de aquecimento global, nem peido de vaca. São antenas Haarp."

As antenas Haarp (High Frequency Active Auroral Research Program) foram um projeto científico desenvolvido no Alasca, na década de 90, para interferir no clima. A GloboLixo nos induziu a pensar que o projeto foi um fracasso, o que agora sabemos ser mentira depois da revelação da bolsonarista.

Como não me dei conta? A cena é claríssima:

John Biden e o Secretário de Defesa girando ao mesmo tempo suas chaves douradas na sala de comando pra mandar chuvas e ventos contra os cidadãos-de-bem na frente dos quartéis. Orgulho do Brazil: os USA não usaram as Antenas Haarp no Iraque, nem na Síria, tampouco na Ucrânia; guardaram a arma secreta para atacar os defensores da liberdade da terra de Cabral. É o seu Jair incomodando o sistema internacional da mamadeira-de-piroca!

Durante a pandemia, um construtor me perguntou se eu sabia onde eram fabricados os medidores de temperatura das portas dos *shoppings*. Disse que não. Então ele me confidenciou que eram chineses e serviam para ativar o *chip* camuflado na vacina da COVID que estabeleceria o controle da sociedade judaico-cristã pelo Partido Comunista. Por isso – continuou o conservador –, ele não deixava colocarem o medidor na testa; só no braço.

Faltou-me coragem pra perguntar a eficácia da troca de local, até porque tomei a vacina no braço e não na testa, mas sem dúvida deve ter alguma coisa a ver com as nanopatinhas de aranha com as quais o *chip* da vacina se desloca pelo corpo. Os comunistas são foda. Basta lembrar dos Ladas pra confirmar como os vermelhos são bons em tecnologia!

Certo dia um ciclone fez a pequena casa voar, voar e aterrissar sobre a Bruxa Má de Banânia. — Menina bonitinha, arrumadinha, vestidinho azul, cachorrinho fluflu, em uma estrada dourada, atrás de um cara mais velho: só pode ser garota de programa, venezuelana e/ou comunista! Então parei a moto e descarreguei a pistola na tal da Dorothy, grita o Espantalho com a camisa canarinha.

Milhares de Espantalhos desistiram da busca de um cérebro; tiraram porte de arma e passaram a verbalizar o vazio das suas cabeças.

Pedem liberdade de expressão pro exército, que censurava filmes, livros e peças de teatro; que exilou Caetano por letras de música.

Pedem o devido processo legal pra quem sequestrava pais e mães na frente de seus filhos, pra levá-los pro pau de arara do DOI-CODI.

Denunciam a violência das decisões do STF para os que colocavam ratos em vaginas e torturavam grávidas.

Reclamam do terrorismo judicial pra quem tentou colocar uma bomba em um *show* de MPB, no Rio Centro.

A Cássia Kiss, que tocava o foda-se geral, virou fundamentalista cristã que carrega santo na frente de quartel pedindo golpe militar em nome da *democracia*.

Dudu Bolsonaro, depois de mandar o gado pra frente dos quartéis se chafurdar em banheiro químico unissex compartilhado por 700 pessoas, ficar imerso em água de chuva com leptospirose e dormir de conchinha com estranhos, gritou selva e foi de 1ª classe pro Qatar assistir à Copa do Mundo, coordenando a Primavera Bovina do hotel 5 estrelas. Flagrado na transmissão da Fifa, revelou que a intenção da viagem era denunciar a ditadura do STF para o ditador do Qatar através de material armazenado em *pen-drives*:

— *Good afternoon, Mr. Ditador do Qatar, I'm Dudu e come here to bring this pen drive who prove that Alexandre de Moraes becames o Brazil into a dictatorship against human rights.*

– Allahu Akbar, Mr. Bananinha, estou perplexo, deixa só eu executar esse veadinho que está querendo me convencer que o arco-íris está na bandeira de Pernambuco, que já volto para discutirmos as providências pra restabelecer os direitos humanos no Brasil. Enquanto isso, imprime as provas nesse mimeógrafo para eu enviar por telex pro ditador da Arábia Saudita. Quando a democracia está em jogo, toda a ajuda é bem-vinda.

Fico especulando onde o Little Banana escondeu os *pen-drives* pra passar pela alfândega...

Isso não está cheirando bem...

Enquanto isso, Papito Rani, o empreendedor bolsonarista, pai de família, cristão e cidadão de bem, do nada passa a xingar de filho da puta e mamateiro da Lei Rouanet o Gilberto Gil, e persegui-lo em um estádio de futebol no Qatar, pois patriota mesmo é o Gusttavo Lima que cobra R$ 1 milhão de prefeitura pobre para levar a verdadeira cultura aos mais necessitados.

Papito Rani explica: M.E.R.I.T.O.C.R.A.C.I.A. E exemplifica: – O Eduardo Bolsonaro bateu ponto na Câmara e depois veio assistir ao jogo. Se fosse um vagabundo esquerdista, nem tinha ido trabalhar. Preciso saber apenas a companhia aérea que ele usa, pois Brazil-Qatar em 2 horas não é qualquer avião que faz.

Em Porto Alegre, patriotas com a camisa da seleção tentam contatos imediatos de terceiro grau com marcianos para pedir golpe militar, piscando a luz do celular ritmadamente. Vale tudo pra salvar a democracia...

Desde que o Partido Comunista chinês ativou o meu *chip* da vacina através do medidor de temperatura na porta do McDonald's, passei a pensar que o Brazil se tornou uma sala de televisão de hospício, onde zumbis com camisas da seleção brotam dos esgotos e vão cantar *Pra Não Dizer que Não Falei das Flores* na frente de quartéis, pedindo golpe militar para salvar a democracia; em que lobotomizados com suas barrigas de chope ficam marchando na mal-sucedida tentativa de dar sentido para suas vidas desgraçadas.

Como esse pessoal passou despercebido tanto tempo? Seria a vergonha da ignorância que agora se tornou motivo de orgulho?

– Se Tiozão do Pavê chegou à presidência da República, tenho mais que botar pra fora o chorume da minha alma encardida.

– Selva!

Bolsonaro Beach

O empresário potiguar Fabiano Galvão anunciou a construção de um condomínio intitulado "Bolsonaro Beach Chalés" na praia de Tabatinga, no Litoral Sul do Rio Grande do Norte.

"Vem aí o melhor condomínio beira-mar em Tabatinga. Superárea de lazer, chalés com 125 m². Transparência, honestidade e o melhor acabamento para você e sua família. Deus no comando", propagandeia Galvão.

O empresário é enfático ao afirmar que não venderá o empreendimento para petistas:

— Eu oro a Deus para que todos da esquerda possam um dia comprar seu cantinho na praia, não comigo. Eu não construo e não vendo para petista, e digo isso há muito tempo. Tenho muitos amigos e respeito demais; só não quero negócio depois que, em 2020, um tentou passar a perna em mim.

Há plano para ser lançado ainda um segundo empreendimento na mesma praia, chamado Michelle Bolsonaro.

Galvão leu a tendência de mirar nichos de mercados para atender demandas específicas ao pensar o empreendimento "Bolsonaro Beach Chalés" e tem pela frente ótimas oportunidades de performar junto a esse público.

Acredito que o consumidor bolsonarista-raiz exigiria, antes de tudo, que o empreendimento fosse construído sobre uma nascente, lugar de desova de tartarugas em extinção ou ponto de reprodução de algum símio raro, para ficar claro pro *mainstream* do politicamente correto que eles não irão se dobrar às frescuras ambientais dos globalistas liderados por aquela pirralha com cara de velha, a tal da Greta Thunberg.

A propósito, nada mais conveniente que construir a piscina em volta da nascente, pois, além de drenar aquela várzea de ajuntamento de mosquitos, ainda serviria para economizar água. Poder-se-ia usar o projeto do Neymar em Mangaratiba (RJ), aquele que foi interditado esta semana em virtude de danos ambientais.

Além disso, a segurança deve nortear o empreendimento. Então seria conveniente contratar a milícia carioca para montar o plano de segurança, o que também poderia servir para homenagear o nosso querido Capitão Adriano da Nóbrega, cidadão-de-bem apontado pelo MP-RJ como líder de um grupo de matadores de aluguel chamado de Escritório do Crime e, também, denunciado por participar de uma milícia em Rio das Pedras, na zona oeste do Rio. Chamado de herói por seu Jair e condecorado com a medalha Tiradentes por Flávio Bolsonaro, "Capitão Adriano da Nóbrega" seria um ótimo nome de batismo pra equipe de segurança do condomínio, que seria facilmente identificada pelos óculos Ray-Ban de aviador, o palito no canto da boca, cigarro atrás da orelha e camisa da Seleção Brasileira.

Mas não é só isso: uma equipe de segurança formada pela nata dos milicianos sairia praticamente de graça, pois poderiam receber sua remuneração através de meios alternativos, como gato-net, venda de *segurança privada* pra comerciantes, pedágio na coleta de lixo e fornecimento de gás, além da prestação de serviços para o conservador que precisasse acertar as contas com aquele petista que lhe deve dinheiro ou teve o carro arranhado no estacionamento do *shopping*.

As crianças poderão se divertir na Sala de Lazer e Entretenimento Brilhante Ustra, toda planejada para o patriotinha treinar tiro ao alvo no ianomâmi, dar choque no mico leão dourado, colocar o filho da empregada no pau de arara e/ou praticar afogamento com o coleguinha petista.

Ainda para não perder de vista a essencialidade da proposta, seria de bom tom o empreendimento não cobrar taxa de condomínio, mas fazer a rachadinha das despesas comuns, a qual ainda tem a vantagem de poder ser quitada com parte do salário pago aos domésticos e prestadores de serviços, que certamente estariam dispostíssimos a ajudar depois da *palestra motivacional* que receberiam da Equipe de

Segurança Capitão Adriano da Nóbrega na Sala de Lazer e Entretenimento Brilhante Ustra.

A escolha do síndico deve observar as balizas bolsonaristas, com voto impresso e auditável e direito a duas tentativas de golpe pelas chapas perdedoras, tudo acompanhado da possibilidade, expressamente prevista em convenção de condomínio, de colocar bomba no tanque de combustível do vizinho e depredar a casa dos adversários. É facultada, ainda, a contratação de juízes e procuradores da República para prender o candidato da chapa adversária às vésperas da eleição.

Para evitar a contaminação comunista, é terminantemente proibido ingressar com livros no condomínio, já que o Grupo do WhatsApp pode prover todo o conhecimento necessário à construção da ilibada consciência do conservador bolsonarista.

No templo neopentecostal Flordelis, a Pastora Damares poderá pregar o amor cristão humilde e desinteressado, sempre mediante o voluntário dízimo que vai cobrado na taxa de rachadinha (ou taxa de condomínio), e ainda lecionar sobre os perigos das orgias e plantações de maconha nas universidades federais. No final da pregação, todos deverão fazer fila pra tocar nos culhões do bezerro de ouro feito com joias sauditas especialmente doadas pelo seu Jair.

Outro ponto essencial: é totalmente vetado o ingresso de pessoas vacinadas no condomínio, além do que a cloroquina deve ser misturada já na caixa d'água para prevenir COVID, malária, cólica menstrual e herpes genital, seguindo aquilo que preceitua a melhor ciência extraída do Grupo do WhatsApp.

O condomínio será dotado de um ponto de concentração pra motociatas, onde os heroicos moradores, nas suas roupas de couro pretas, poderão interagir com outros patriotas. E como nem só de trabalho é feita a vida, o condomínio contará com a Sauna Hétera Independence Day – Just for Men, onde o macho conservador poderá ter interações patrióticas com outros conservadores, desde que sem beijo na boca, como convém ao impoluto pai de família. No lançamento do empreendimento, está prevista apresentação de Robervão, o Doutrinador, e Azzurro, o Deus do Ébano com Cabo Longo nas *pick-ups*.

Durante os convescotes masculinos, as mulheres poderão ficar em casa bordando ou ter aula no condomínio com o professor de tênis Ricardão, o Brocador (o Bolsonaro Beach não dispõe de quadras de tênis).

Sobre o condomínio Dona Michelle ainda pouco se sabe, mas todos apostam que será a *joia* do litoral potiguar.

Regina Duarte

Roque Santeiro, escultor de santos, morreu defendendo o seu canto, Asa Branca, da quadrilha do perigoso Navalhada. A viúva de Roque, Porcina, mantinha viva a história do marido.

A novela das 8, de 1985, sofre uma reviravolta quando Roque Santeiro retorna vivo para Asa Branca e Porcina, vivida por Regina Duarte, se torna a viúva "que foi sem nunca ter sido".

Porcina era dissimulada, tinha uma risada intensa, era caricata, engraçada, má, poderosa, sensual, mentirosa, tudo ao mesmo tempo, uma vilã que transitava entre o amor e o ódio dos espectadores. A novela girava em torno do talento daquela mulher.

A novela *Minha Doce Namorada* transformou Regina Duarte na namoradinha do Brasil. Papéis marcantes em *Selva de Pedra*, que teve incríveis 100% de audiência, *Malu Mulher*, *Rainha da Sucata*, entre tantas outras, fizeram sua trajetória se confundir com a da teledramaturgia brasileira.

A namoradinha do Brasil sempre foi ativa na política, participando das lutas pela Anistia e pelas Diretas.

Nas primeiras eleições municipais depois da redemocratização, participou da campanha de FHC para a prefeitura paulista, combatendo o PT: "Eu acho que a gente tem que fazer isso para impedir que as forças da corrupção e da ditadura voltem a se juntar e destruam a nossa frágil democracia. Gente, não vamos nos iludir neste momento. Votar em Suplicy é ajudar o Jânio."

Em 2002, ao invés de Suplicy, foi Lula a causa da apreensão da atriz, que gravou um vídeo para a campanha de José Serra, dizendo que tinha medo da vitória do petista. De novo com medo da esquerda, em 2018 fez campanha para Jair Bolsonaro.

Regina Duarte assumiu a Secretaria Especial da Cultura após a demissão do seu antecessor Roberto Alvim. Porcina não ficou com medo de assumir o cargo de alguém demitido por fazer apologia ao nazismo, nem de participar do governo que havia extinguido o Ministério da Cultura.

Regina classificou seu Jair, em entrevista ao *Estadão*, como "um cara doce, um homem dos anos 50, como meu pai, e que faz brincadeiras homofóbicas, mas é da boca pra fora, um jeito masculino".

Em conversa com Bial, RD já havia dito que "embora tenha tido atitudes de vanguarda, sempre fui e continuo conservadora", confirmando sua aptidão para a equipe do governo bolsonarista.

"Pipa no céu, palavrão, tatuagem, arroz com feijão, farofa de mandioca, pastel de feira, pão de queijo, caipirinha, de maracujá! Chimarrão, culto, missa das dez, desafio repentista, forró... E aquele pum produzido com talco espirrando do traseiro do palhaço... Fazendo a risadaria feliz da criançada? Cultura é assim, é feita de palhaçada!" Discursou na posse.

No papel de Regina Duarte, a Secretária Especial da Cultura disse à CNN que se dava muita importância às mortes na ditadura militar, e depois de uma risada disparou: "Cara, desculpa, eu vou falar uma coisa assim: na humanidade, não para de morrer. Você fala vida, do lado tem morte"; sobre a tortura no período, disse: "tá bom, mas sempre houve tortura".

Dez dias após a entrevista, pediu exoneração, mas continuou interpretando a si mesma quando defendeu o uso da cloroquina pra tratar a COVID; mentiu que Marisa Letícia tinha R$ 256 milhões nas suas contas e compartilhou um vídeo dizendo que os judeus se sujeitaram mansamente ao holocausto.

Segundo Regina, Alexandre de Moraes, que não estava na posse de Lula, entregou uma "faixa *fake* para o ladrão pousar (*sic*) de presidente.".

Nesta semana, a namoradinha do Brasil cravou que os yanomamis mostrados pela imprensa morrendo de fome, doença e envenenamento, na verdade eram venezuelanos usados para prejudicar o governo do seu Jair e, também, aproveitou para tirar um sarro com as 590 crianças mortas, dizendo que deveriam estar bem alimentadas com "mandioca, feijão, verduras e peixe".

A maioria das famílias brasileiras tem uma Regina Duarte interpretando a si mesma no circo de horrores da extrema direita bolsonarista. Pessoas que perderam completamente o contato com a realidade e nadam no chorume das mentiras e teorias da conspiração.

Ou vocês acham que as pessoas pedindo intervenção militar pra ETs, ou rezando pra pneus, são filhos de chocadeira? Os protagonistas da desgraça bolsonarista são seus vizinhos, colegas de trabalho, amigos do clube. Essa turma lembra aqueles seguidores de Jim Jones indo com os filhos para a Guiana tomar veneno para poder embarcar na nave de luz que os levaria para o paraíso (isso que lá Jim Jones também tomou o mesmo "suco de uva" ao invés de ir pra Orlando!).

Exagero? Esta semana um bolsonarista se suicidou na frente do STF gritando: "Morte ao Xandão".

Os zumbis são diariamente desmentidos pelos fatos e, paradoxalmente, isso reforça mais o seu fanatismo. Na última eleição norte-americana, a extrema direita divulgava o fechamento do espaço aéreo, prisão de Biden, impedimento da posse, e os dias passavam, nada disse acontecia, e as pessoas continuavam acreditando ainda com mais ardor na enxurrada de mentiras.

Bolsonarista é como o Super Mário: pula em uma nuvem de *fake news* e começa a afundar lentamente na realidade, mas, antes de cair, então pula para outra nuvem, e outra, em um *loop* infinito, tão rápido e desafiador que nem dá tempo de perceber que tudo que falou e defendeu era mentira.

A *fake news* da extrema direita é produzida em escala industrial, pois se não pode permitir que a realidade dê as caras, o zumbi precisa estar sempre sendo desafiado pelos riscos de uma nova mamadeira de piroca, comunismo internacional, da gayzificação em massa das crianças, ideologia de gênero, fechamento de igrejas...

Então as pessoas começam a se afastar da família e dos amigos e entram pra seita daqueles dos que tiveram a epifania de que a Globo-Lixo mente e a verdade será revelada por algum blogueiro.

A solidão desaparece, as redes sociais lotam de amigos que também conhecem a verdade, e o sentido de pertencimento substitui a ausência dos filhos, o afastamento da turma da faculdade e o vazio da aposentadoria.

Os iniciados são alertados de que os comunistas e alienados vão dizer que ele está enlouquecendo, delirando, mentindo, mas isso apenas é preço a pagar de quem tomou a *red pill* e viu o mundo como ele. O bolsonarista é a Eva que colheu a *red pill* na árvore do conhecimento depois de conversar com a serpente do Olavo de Carvalho.

> Disse a serpente à mulher: Certamente não morrerão! Deus sabe que, no dia em que dele comerem, seus olhos se abrirão, e vocês serão como Deus, conhecedores do bem e do mal. (Gênesis 3:1-5)

A partir daqui tudo passa a ser permitido, debochar do holocausto, de crianças yanomamis mortas de fome, de torturados e assassinados na ditadura, porque nada daquilo existe ou, se existe, está justificado na luta contra o mal.

Ensimesmada no delírio e na mentira, a pessoa que você conheceu é um corpo físico olhando a tela do celular no sofá da sala, enquanto a alma vaga na cloaca da extrema direita, raptada em alguma rede social ou grupo de WhatsApp.

A vida imitou a arte e Regina Duarte se tornou o ser humano "que foi sem nunca ter sido".

Oito motivos pra Noé ter barrado os bolsonaristas na arca

MOTIVO UM: BEM-ESTAR ANIMAL. Deus deu ao bom Noé a incumbência de construir uma arca com "o comprimento de trezentos cúbitos, a sua largura de cinquenta e a sua altura de trinta", tudo devidamente explicado no Gênesis 6:

> 18. Porém contigo estabelecerei a minha aliança; entrarás na arca, tu com teus filhos, tua mulher e as mulheres de teus filhos.
> 19. De tudo o que vive de toda a carne, dois de cada espécie farás entrar na arca, para os conservar vivos contigo; macho e fêmea serão.
> 20. Das aves segundo as suas espécies, do gado segundo as suas espécies, e de todo o réptil da terra segundo as suas espécies, dois de cada espécie virão a ti, para os conservares em vida.
> 21. Leva contigo de tudo o que se come, e ajunta-o para ti; ser-te-á para alimento a ti e a eles.
> 22. Assim fez Noé; segundo tudo o que Deus lhe ordenou, assim o fez.

Com tantos animais circulando na arca, Ricardo Salles ia começar a datilografar freneticamente com aquele olhar transtornado do Jack Nicholson: "Muito trabalho e pouca diversão fazem de Salles um bobão. Lá pela milésima página, ia pegar um machado e dar cabo dos abençoados animaizinhos gritando: "Odeio a natureza, odeio a natureza". E depois tacava fogo na bagaça, ficava assistindo o fogo se balançando na cadeira e balbuciando: – Salles gosta de árvore queimando; – Salles gosta de árvore queimando...

MOTIVO DOIS: NEGACIONISMO. Ernesto Araújo no convés, cercado pelos escolhidos, palestrando: – Patriotas Animais! Venho lhes dizer que não há dilúvio! Essa água que nos cerca há 90 dias não quer dizer nada e vocês estão se deixando manipular pela Globo Lixo. Segundo artigos que encaminhei pra vocês no Grupo do WhatsApp, da fonte TireidoKu, o Foro de São Paulo inventou essa chuvinha como pretexto pra tirar vocês de casa e implantar o comunismo. Quando acabar esse chuvisqueiro e vocês voltarem, vão encontrar uma família de venezuelanos instalada na sua sala de estar assando seu gato; uma foto do Lula na parede ao lado da cruz invertida. As igrejas terão sido fechadas e transformadas em centros de formação de crianças transformistas. O Partido Comunista chinês implantará em vocês *chips* que detectarão desde a menor traição ao sistema, à sua negativa de não comer seus cachorros.

MOTIVO TRÊS: CHARLATANISMO. Jair Messias Bolsonaro pelo sistema de som da Arca: – Por que estamos nessa arca fedida se pudemos construir nosso navio conservador com cloroquina e grafeno? Sim, a cloroquina e o grafeno boiam, o Alan dos Santos me contou. Quem é o Alan dos Santos? Aquele do Terça Livre, o que falou que masturbação mata os neurônios. Não acreditem nesse cabeludinho do Noé de que a ciência nega que a cloroquina boie, pois recebi no grupo do Telegram um artigo científico de uma obstetra de Serra Leoa que – durante uma sessão de Santo Daime –, teve a revelação de que a cloroquina boiaria.

MOTIVO QUATRO: GOLPE. Noé perplexo lendo as mensagens no celular de Mauro Cid: – Primeiro passo: chamamos os animais pra colocar em dúvida esse tal de Gênesis que disse que Deus escolheu Noé ao invés de Jair Messias Bolsonaro. Segundo passo: montar acampamento na frente dos quartéis, colocando o gado com camisa da seleção pedindo intervenção militar. Terceiro passo: exigimos o Código-Fonte da Bíblia e, depois que ele nos for entregue, seguimos negando que o tenhamos recebido, pois, afinal, nossa audiência não é conhecida pela inteligência e engole qualquer merda. Quarto passo: dia 08/01 invadimos a arca, quebramos tudo, o Noé decreta GLO, os militares usam isso como pretexto, afastam o cabeludo e empossam o Messias.

MOTIVO CINCO: FRAUDE PROCESSUAL. O Messias combinaria com um juiz pra prender o Noé antes da eleição pra chefe da arca garantindo que ele ganhasse o pleito. Depois era só nomear o juizinho para algum cargo e, no final, deixá-lo tentar a vida na política. A condenação do Noé seria uma barbada, pois o tal juiz, depois de combinar provas com o promotor, condenava o cabeludo! Promotor que tope a parada? Barbada, estamos monitorando um numa cidade sulista que se compara a Deus no grupo de WhatsApp que ele mantém consigo mesmo. Se depois arranjar uma boquinha pra ele de deputado, tá tudo dominado.

MOTIVO SEIS: MENTIRA. Noé ouvindo o relato dos seus assistentes: – Aquela Damares continua falando que o Senhor inventou esse negócio de arca pra criar um cruzeiro de zoofilia e está dando dieta pastosa para as crianças fazerem sexo com mais facilidade quando forem traficadas pra Guiana e o Suriname. Eles também falaram que cabeludo, fala mansa, fazendo o bem pra geral, sempre de papo com Deus, o Senhor só pode ser maconheiro e comunista.

MOTIVO SETE: PREGUIÇA. Os assistentes de Noé invadem sua cabine apavorados: "Bom, Noé, a arca está adernando para a direita com o peso das fezes dos animais". – Como assim, os bolsonaristas não limparam o porão? – Infelizmente não, estavam fazendo jetskyata para protestar contra o comunismo e a mamadeira de piroca.

MOTIVO OITO: PERPETUAÇÃO DA ESPÉCIE. Com essa tara de se aglomerar com macho em jetskyata, roupas de couro, levar homem na garupa, abandonando a esposa com o maquiador descolado, a espécie vai acabar se extinguindo, senão terá a mesma fuça: barba rala e habilidade com maquiagem.

Moro, Padre Kelmon, Onyx e outros bedéis

Moro a tiracolo com seu Jair nos debates passou recibo do que o STF acabou decidindo: ele sempre foi um juiz parcial que usou a toga para eleger o Mito e se projetar na política.

Não seria surpresa descobrir que o Padre Kelmon sempre foi o Moro fantasiado, um degrau togado do projeto de poder autocrático do Messias.

– Ain, Kelmon nem padre é!

Ué, e por acaso Moro é Juiz?

Imagino seu Jair contando como conheceu o Moro: "Parei a moto numa esquina, tirei o capacete e olhei" um juizinho, arrumadinho, "no sábado, numa comunidade, pintou um clima, voltei e ofereci um ministério pra ele: 'Aí eu te pergunto, juizinho bonitinho, mandando prender sem provas meu adversário'." "para quê? Para ganhar a vida."

O Capitão se inspirou em *Tropa de Elite* para lidar com seus ministros: "Pede pra sair, fdp" [tapa na cara, tapa na cara]; "diz que a terra é plana, corno" [tapa na cara, tapa na cara]; "engole essa cloroquina, sem pregas" [tapa na cara, tapa na cara]; "diz que não vai tomar vacina, arrombado" [tapa na cara, tapa na cara]...

Sim, porque todo aquele que adere à seita do Jair Jones descarta a dignidade quando assume uma vaga no governo, tem o dever institucional de se anular ética, moral e humanamente. Dizem que no começo há um certo constrangimento, mas, não demora, já estão dando esporro em pobre e dizendo que vão cortar sua quentinha se ele for votar no Lula.

É que a missão é honrosa! Não fosse essa reverência adestrada, nossas crianças estariam chupando mamadeiras-de-piroca, assistindo cursos de Drag Queen, frequentando banheiros unissex administrados por pedófilos e/ou sofrendo lavagem cerebral em algum assentamento do MST!

"Afinal, não era assim no governo do Lula e da Dilma?"

Não, não era!

"Mas isso não interessa, deixem os fatos para os comunistas do Foro de SP, desonestidade intelectual é direito de expressão. Selva!"

Aliás, o "pede pra sair" é da essência do bolsonarismo, por isso a debandada dos apoiadores bípedes da direita logo após o *golden shower* se espalhar pelos quatro cantos do governo, restando o coro de Mito puxado que se sentiram à vontade com os membros superiores tocando o chão.

Seu Jair erra ao não exaltar na campanha a ascensão social no seu governo. Ex-ator de malhação poderia estar roubando, matando ou acompanhando senhores em saunas e hoje é Secretário da Cultura; ex-pastora poderia estar ocupando uma vaga no sistema de saúde mental, mas é a Ministra dos Direitos Humanos que combate o tráfico de crianças na fronteira da Ilha de Marajó com o Suriname; a ex-namoradinha do Brasil poderia estar dando cursos de superioridade ariana, mas acabou como a Secretária de Cultura que divulga o pum do palhaço; o cara poderia estar na academia enquanto a mulher trabalha e/ou vendendo Jequiti e é Ministro das Comunicações que divulga o complô do TSE em deixar de veicular as inserções eleitorais que seu próprio partido não mandou.

O atual governo também projeta pessoas diferenciadas, como Onyx, aquele que tem um Plano de Recuperação tão infinitamente melhor do que o do seu adversário que ele nem precisa dizer qual é; ou o *imprecionante* (sic) Weintraub que nos ensinou o quanto Paulo Freire nos emburreceu; o icônico Pazuello e a relação do clima do Nordeste com o inverno do hemisfério norte; Osmar Terra e sua previsão de 800 mortos na pandemia.

Seu Jair também promoveu as mulheres; basta ver a Carla Zambelli empoderada, plena, pistola em punho, perseguindo um negro desarmado, cercada de seguranças depois de ter mentido que havia sido empurrada por ele.

Também pouco se fala das políticas do Messias para a terceira idade. Quando antes neste país um idoso pode ocupar seu domingo dando 50 tiros de fuzil na Polícia Federal, explodir 3 granadas na cabeça de policiais e ainda chamar uma Ministra do STF de prostituta arrombada! Com um final de semana desses, para que aprovar bingos?

Mas o bolsonarismo não é elitista; esse pertencimento transformador está ao alcance de todos, empodera o "engenheiro formado" a humilhar o fiscal de trânsito, a loira exercer seu direito de não dividir um elevador com um negro, o policial penitenciário a dar cinco tiros para colocar o petista aniversariante no seu lugar, o cidadão de bem que agride mulher na academia e depois foge do Brasil para continuar esculachando a vítima...

Quanta humildade do seu Jair em não falar do Patriotismo que se instalou no Brazil. Nunca antes neste país brasileiros disseram para repórteres da BBC que eles não eram bem-vindos em Londres, ou fizeram festa no velório da Rainha inglesa.

E o que foi o empoderamento daquele bolsonarista bêbado xingando o repórter da televisão Aparecida e o Padre durante a festa da Padroeira do Brasil? Liberdade de expressão na veia!

Peço a Deus nos livre desse pesadelo e feche para sempre a tampa desse esgoto.

72 horas

Neymar homenagearia seu Jair quando fizesse seu primeiro gol na Copa do Qatar. Machucou-se, voltou e, quando fez o gol, o Brasil acabou eliminado.

Esquerdista dá o golpe de estado no Peru e, em três horas, acaba preso.

O inconsciente coletivo civilizatório dá cabeçadas naquele yang medieval do bolsonarismo acampado na frente dos quartéis. Arcanjo Miguel manda o troglodita pra dentro da caverna: — larga o cabelo dela, fdp.

Sim, faltou pouco pro fascistoide ganhar! Esse pouco não foi o código-fonte das urnas, nem a conspiração do Foro de São Paulo, tampouco a mamadeira-de-piroca. Foi o Santa Civilização de Lulistas e não Lulistas que se uniram na crença comum de superação da idade média, na utopia de um mundo sem Damares e Pazuellos.

Porque há quem creia, ou não se importe, com uma Ministra dos Direitos Humanos que minta sobre crianças com os dentes arrancados para facilitar o sexo oral com pedófilos; e/ou com um Ministro da Saúde que dispense vacinas em uma pandemia.

Existem aqueles que só foram de carro pro Uruguai e temem o globalismo ou, depois de conhecer os *shoppings* de Miami, em uma excursão da CVS, têm alergia ao comunismo. Os típicos consumidores dos óculos amarelos pra dirigir de noite e das esteiras que transformarão sua barriga gorda em um tanquinho.

Com o fechamento dos bingos, e na falta de sexo, esses seres decidiram povoar a frente de quartéis, naquele misto de carência existencial e fetiche por homens de farda, pedindo golpe de estado em nome da democracia (!), no *looping* infinito das 72 horas.

E as 72 horas passam, e nada. Daí, então, a greve geral: nada. O relatório das FFAA: nada. Pessoas com a camisa "Supremo é o Povo" vaticinam: do dia 10 de dezembro não passa! E nada. Então não haverá diplomação...

Nada faz os idiotas se darem conta de que são idiotas. A versão verde-amarela de Steve Bannon vende mais que camisa polo em Miami: é barata, bonitinha, não exige inteligência e tá na moda.

Caras que bateram palmas pra um juiz que tirou da eleição o principal adversário do presidente eleito e, na sequência, foi feito ministro do vencedor, agora falam em fraude nas urnas que elegeram seu próprio candidato e injustiça do TSE e STF. Dissonância cognitiva na milésima potência.

Por que eles não partem pra guerrilha? Vão pro Araguaia defender as vozes da sua cabeça? Não! A pensionista de militar solteira aos 68 anos, depois de nove relações estáveis, que mora em Copacabana, prefere pedir pro exército fazer o trabalho, como manda a empregada (de que ela não lembra exatamente o nome) trazer o café na sala enquanto assiste a Ana Maria Braga.

As FFAA são a doméstica de nome desconhecido chamadas pra limpar a barra do gordinho de apartamento que perdeu o jogo e quer levar embora a bola pra acabar a partida. Muitos militares se orgulham da senzala moral que os patriotas lhe confinaram: — sinhozinho gosta da gente, desta vez nos deixou sentar na mesa com eles.

E lá vai a tia do Zap, que não recebe visita da família, piscar lanterna de celular pra satélites da direita viabilizarem o golpe de estado.

Os acampamentos na frente dos quartéis são a revelação de uma sociedade elitista, fascistoide, antidemocrática e tosca, que considera o país a extensão dos seus apartamentos de classe média e as FFAAs uma diarista pronta a ser chamada pra limpar aquilo que consideram sujeira. Amam a democracia desde que confirmem suas preferências pessoais.

Neymar confirmaria a fraude eleitoral, homenageando o presidente derrotado quando fizesse o primeiro gol na Copa do Mundo. A Seleção Brasileira acabou derrotada pela coadjuvante Croácia. O menino Neymar não homenageou ninguém ao abrir o placar.

A extrema direita teve orgasmos quando um esquerdista tentou um golpe no Peru, preparando teses sobre o imperialismo do Foro de São Paulo e a implantação do comunismo no Brasil, e broxou quando o golpista acabou preso poucas horas depois: #eusouvoceamanha.

Então restou o *looping* infinito das 72 horas, em que uma sociedade doente se lança no Golpe de Estado na esperança de voltar para uma Idade Média idealizada, irreal, orientada por uma visão de mundo míope, tacanha e miserável.

Graças a Deus, a civilização não gosta do seu Jair.

Sunday Bloody, Sunday bolsonarista

E finalmente os cidadãos-de-bem, cristãos e patriotas resolveram explodir um caminhão de querosene no Aeroporto de Brasília, no feriado de Natal, quando milhares de pessoas circulavam para se reunirem com suas famílias.

Crianças, jovens, adultos e idosos mortos e feridos valeriam a pena com a decretação do Estado de Sítio ao qual se seguiria o Golpe de Estado com a perpetuação do seu Jair no poder. Seriam meros efeitos colaterais da luta pela liberdade.

Homônimo do fundador da pátria norte-americana e líder na Guerra da Independência, o nosso George Washington é um paraense que foi rumo a Brasília com um arsenal de fazer inveja à Al-Qaeda, disposto a fundar por aqui a Pátria Bolsonarista, a partir do acampamento instalado na frente do quartel. A bomba no aeroporto seria o estopim da Guerra da Independência contra o STF, Foro de SP e comunistas em geral.

Na polícia, confessou que seu plano foi traçado na antessala do quartel-general de Brasília, exatamente no acampamento montado pelos patriotas que pedem Golpe de Estado em nome da democracia.

George Washington de Oliveira Sousa é a caricatura do Steve Bannon, metade norte-americano, o resto brasileiro-raiz, mergulhado no chorume ideológico do irmão do norte, apesar de não saber dizer bom-dia em inglês.

Então, os incansáveis defensores da família iriam carbonizar famílias transitando no aeroporto de Brasília; os cristãos matariam cristãos na comemoração do nascimento de Cristo. Tudo em nome do Golpe Militar, tudo em nome do Messias do Vivendas da Barra.

Tenho dificuldades de compreender por que um acampamento em prol da democracia foi instalado na frente de um quartel ao invés do Congresso Nacional, ONU, TSE, OEA, etc. Deve ser alguma restrição cognitiva provocada pela GloboLixo e as Antenas Haarp na minha vida.

Afinal, descobrimos que é possível planejar atentados terroristas na calçada de um quartel, zona de segurança máxima. Se dependermos das nossas FFAAs, basta o presidente do Suriname acordar de mau humor para, em 72 horas, nos tornarmos o Suriname do Sul.

Surpreende que a polícia tenha prendido o tal George Washington paraense, já que, no anterior episódio de terrorismo doméstico, o da tentativa de invadir a Polícia Federal, a polícia de Brasília não conseguiu prender ninguém, apesar de as filmagens mostrarem policiais assistindo aos cidadãos de bem tentando atirar um ônibus em chamas de cima do viaduto.

Não foram casos isolados, ou vocês acham que incendiar pneus em estradas, postos de pedágio, atirar na polícia e interromper o tráfego em rodovias com caminhões, por não concordar com o resultado da eleição, é direito de expressão?

Grupos de WhatsApp "pintaram Estrelas de Davi" nos comerciantes e profissionais liberais que simpatizavam com o Lula ou simplesmente se recusaram a exaltar Bolsonaro, uma tragédia financeira para quem já vive com pouco. Afinal, quem vota no Lula não merece nem o sustento, pensam os cristãos.

Os cachorros raivosos têm tutores.

Começa-se o adestramento cortando os vínculos dos animais com a realidade, dizendo que toda a mídia mente; trancam-se eles em uma gaiola de *fake news*; criam inimigos imaginários sempre na espreita pra acabar com suas vidas e tudo que prezam. Fabricam sobressaltos contínua e interminavelmente: é o relatório das FFAAs sobre as urnas, as 72 horas, o Diário Oficial que será publicado. Por mais que se nade, a praia vai sempre se distanciando.

Por fim, soltam-se os aloprados em cima da sociedade babando ódio.

Daí vem a carrocinha do Xandão, prende os cães raivosos enquanto seus tutores bebem seu espumante na piscina de borda infinita na Flórida, apreciam BlueLabel na sede da rede de televisão, brincam com o primo no Vivendas da Barra ou tocam sanfona no Palácio do Planalto.

Aí o seu Jair, depois de tudo consumado, diz em *live* que jamais apoiou qualquer ato de terrorismo; a Jovem Pan, que é totalmente contrária aos atos antidemocráticos; e o Rodrigo Constantino, que repudia as tentativas de o vincular a qualquer coisa dessa natureza.

Por enquanto penduram de cabeça pra baixo os cachorros raivosos, enquanto seus Mussolinis assistem sem empatia ao holocausto das suas crias, pois, afinal, são apenas cachorros raivosos.

Espero o distanciamento histórico para confirmar o sentimento de que Xandão é um dos patronos da democracia brasileira. Praticamente todos os integrantes do STF se acadelaram com a escalada autocrática do seu Jair e seus movimentos mostraram que só atuam com contundência quando um juiz parcial consegue manipular a opinião popular contra um candidato da esquerda.

O STF atuou como em um programa de auditório que escolhe o vencedor pelo maior número de palmas do auditório, pouco importando os fatos e circunstâncias, e Sérgio Moro e seu Jair foram os vencedores; afinal, todo mundo sabia que o Lula era ladrão.

Quando o mal-agradecido do seu Jair resolveu tocar fogo no STF, nada mais conveniente que libertar o Lula pra limpar a merda que suas Excelências haviam criado na sua inesgotável erudição.

A conta a ser paga é alta, 700 mil mortos na pandemia, a nação amiga da vacina transformada em um antro negacionista, militares ouriçados com golpe militar, terrorismo doméstico e cães raivosos que vagarão sem dono nos próximo quatro anos. Deus tenha piedade do Brasil.

A saga da mamadeira-de-piroca

Chega mensagem no Zap: — Seu Jair foi no Supremo com as provas da fraude na eleição e deu 72 horas para a vitória de Lula ser anulada.
Os bolsonaristas choram, se abraçam, bloqueiam estradas.
Menos de 72 horas depois, descobrem que era tudo mentira.
— Alexandre de Moraes foi preso e será julgado em Haia.
Os conservadores choram, se abraçam e vão pra frente dos quartéis.
Nada acontece. Mentira de novo.
— Relatório da Defesa sobre a segurança das urnas será divulgado na quarta com as provas da fraude.
Eles choram, se abraçam, cantam o hino, rezam diante de um pneu...
É mentira novamente.
E o antológico episódio no 7 de setembro, quando o *patriota*, em meio a uma multidão, comunica que seu Jair havia decretado Estado de Sítio?
Eles choram, se abraçam, buzinam e rezam diante do muro do quartel...
No apogeu da vergonha alheia, Vitor Belfort publicou no Instagram que o "General **Benjamin Arrola** das Formas Armadas declaro [sic] que o Exército deu 24 horas para que o TSE explique o que houve nas urnas no domingo" (g.n.). Arrematou: "As forças armadas já estão apostos [sic] para a tomada do poder caso não haja nenhuma explicação".
Ser enganado é da vida.
Quem nunca?
Causa perplexidade é ser enganado, descobrir o engodo e seguir na mesma causa.
Se eu que estivesse na frente do quartel me abraçando com estranhos pra comemorar a prisão do Alexandre de Moraes, ou mandan-

do vídeo pros meus amigos sobre o Estado de Sítio, e depois soubesse que era tudo mentira, estaria na fila da castração química para evitar que minha descendência visse à cena. Mas pra eles é currículo.

No primeiro dia, o criador-bolsonarista fez a Mamadeira-de-Piroca, matriarca do General Benjamin Arrola, aquela que o PT implantaria nas creches se o Haddad fosse eleito presidente.

Ali a Tia do Zap, entocada naquele apartamento em Copacabana, sem receber visita dos filhos há meses, vendo Ana Maria Braga, mordeu a maçã da *fake news*.

E *fake news* vicia mais que o *crack*.

Daí a se instalarem cracolândias na frente dos quartéis foi um tapa. Multidões adictas por receber notícias sobre as 72 horas dadas pelo seu Jair ao STF, a prisão do Xandão e/ou o relatório bombástico das FFAAs. No transe patriótico, alguns viram o General Benjamin Arrola crescendo (no horizonte) e se engasgaram com a sua dureza (contra o sistema).

Que falta faz uma política pública para internação compulsória desse pessoal em hospícios para desintoxicação! Imaginem a crise de abstinência de um bolsonarista privado de receber informações como a de que o disco da Xuxa tocado ao contrário invoca o demônio? Para dissolver a Cracolândia não precisam bombas de efeito moral; basta reabrirem os bingos.

E as valorosas FFAAs divulgaram uma notinha dizendo que respeitam o direito de expressão da galerinha da Cracolândia Patriótica! Se fosse o MST acampado, depois de uma derrota do Lula, estaríamos juntando os pedaços dos manifestantes. Lembram do massacre de Eldorado dos Carajás?

Tudo ligado ao bolsonarismo envolve órgãos genitais. Nas motociatas, além de mulheres serem raras, as roupas dos heteroconservadores lembram o Blue Oyster do Loucademia de Polícia. Não lembraram? Coloquem no Google

Enquanto isso, a loira e o filho pirado gritam no condomínio de classe média pro negro não dividir o elevador com eles; a empreendedora-cristã manda os nordestinos sanguessugas voltarem pro Nordeste...

E nisso se transformou o Brazil.

Hipócrita, racista, misógino e vulgar. Orgulhoso da sua inesgotável ignorância.

O rosto do índio amigável, receptivo e pacífico foi trocado pelas caras botocadas das combativas guerreiras-do-zap, manifestações em nome da liberdade de expressão pedindo golpe militar e caminhoneiros queimando pneu nas estradas.

Quanto tempo e sabão em pó será necessário para lavar nossa bandeira?

Plim, nova mensagem no zap: PATRIOTAS: 31 DE NOV, NO CATAR, NO JOGO BRASIL X VENEZUELA, NEYMAR TIRARÁ A CAMISA PRA COMEMORAR O GOL E – EMBAIXO DO MAMILO ESQUERDO – ESTARÃO AS PROVAS DA FRAUDE NA ELEIÇÃO, MOMENTO EM QUE SERÁ CORTADA A ENERGIA NO PAÍS E XANDÃO E LULA SERÃO PRESOS PRA SEREM JULGADOS EM HAIA.

Plim: O JOGO SERÁ INTERROMPIDO PARA A ENTRADA DE JAIR MESSIAS BOLSONARO EM UMA CARRUAGEM DE OURO ACOMPANHADO DE TRUMP E REAGAN (SIM, ELE NÃO MORREU!), AO SOM DE GUSTTAVO LIMA. NO MEIO DO CAMPO SEU JAIR RECEBERÁ A FAIXA PRESIDENCIAL DAS MÃOS DA RAINHA ELIZABETH II (TAMBÉM NÃO MORREU).

Plim: SEU JAIR PLANEJOU TUDO: NO CATAR NÃO VALEM AS DECISÕES DE ALEXANDRE DE MORAES, SERÁ FERIADO NO BRASIL, O STF ESTARÁ FECHADO E LULA NORMALMENTE BEBE ASSISTINDO A SELEÇÃO, DE MODO QUE NÃO HAVERÁ RESISTÊNCIA.

Plim: PRECISAMOS QUE OS PATRIOTAS PERMANEÇAM ORANDO PRA PNEUS, EM ABSOLUTO JEJUM DE COMIDA E ÁGUA, NA FRENTE DOS QUARTÉIS, ATÉ QUE SEU JAIR SEJA RECONHECIDO PRESIDENTE DO BRASIL. ASSINADO: GENERAL BENJAMIN ARROLA. SELVA!!!!

A marcha sobre Brasília

> Esse é o homem do destino, precedido de sinais, profecias, episódios premonitórios, o déspota genial capaz de subjugar as massas e restabelecer a ordem, o vencedor empolgante esperado por um tempo longo demais por um povo deprimido pelos efeitos de um drama interminável, inconcludente, enfadonho, no qual tudo é concatenado, porém nada é fatídico. (SCURATI, Antonio. *M o Filho do Século*. Ed. Intrínseca: RJ: 2019, p. 600)

No final de outubro de 1922, Benito Mussolini põe em marcha seus fascistas rumo a Roma para tomar o poder.

O rei italiano Vítor Emanuel III, sabendo dos acontecimentos, encontra o presidente Luigi Facta e decide que Roma deve ser defendida a qualquer custo, pede a elaboração do decreto de estado de sítio e a suspensão dos transportes.

Com os trens suspensos, os camisas-negras continuam o trajeto por bosques e florestas sob chuva torrencial.

A estratégia é se deslocar a partir do norte italiano, conquistando os principais pontos, e cercar Roma antes da derradeira investida.

Em Cremona, os fascistas tomam a Prefeitura, mas, em curto espaço de tempo, são presos sem maior resistência.

O Duce, que acompanhava os desdobramentos em Milão, na sede do seu jornal, *Il Popolo d'Itália*, é cercado pela guarda real, enquanto o restante do comando golpista também está sob a mira de canhões no Hotel Brufani, em Perúgia.

Mussolini vai conversar pessoalmente com o major da guarda real responsável por sua captura: – Senhores, aconselho que reflitam sobre o caráter do nosso movimento. Não há nada que vocês não aprovem e, "de qualquer maneira, a resistência dos senhores é inútil: toda a Itália, até Roma, caiu em nossas mãos. Informem-se." A guarda real recua e não prende o Duce do Fascismo.

O golpe de estado foi uma *fake news* brilhante, pois, na verdade, a marcha sobre Roma já tinha falhado completamente, com rendições e derrotas em Cremona e Florença.

As três colunas de camisas-negras que se dirigiam a Roma contavam com 10 mil homens sedentos, famintos, mal armados, muitos carregando revólveres, punhais, ferramentas agrícolas e maças curtas, com pouco ou nenhum treinamento militar, à exceção de ex-soldados que comandavam as tropas.

A defesa de Roma contava com 28 mil militares fortemente armados, com 60 metralhadoras, 26 canhões e 15 tanques, comandada pelo Gen. Pugliese, um veterano com larga experiência bélica.

Apesar disso, em 28 de outubro de 1922, Alfredo Rocco, líder dos nacionalistas, acerta a entrega do governo para Mussolini em troca da deposição de armas, o que é comemorado pelo rei.

Em 30 de outubro de 1922, o Duce chega em Roma e é recebido por centenas de camisas-negras que cantam a plenos pulmões o hino fascista nas estações por onde passa seu trem:

Giovinezza, giovinezza,
Primavera di bellezza
Per la vita, nell'asprezza
Il tuo canto squilla e va!
E per Benito Mussolini,
Eja eja alalà
E per la nostra Patria bella,
Eja eja alalà

A Marcha sobre Roma só viria a acontecer em 31 de outubro de 1922, após a posse do governo fascista.

Cem anos depois, em 31 de outubro de 2022, um dia depois do segundo turno das eleições, golpistas marcharam para a frente dos quartéis brasileiros pedindo intervenção militar contra a eleição de Luiz Inácio Lula da Silva e para a recondução de Jair Bolsonaro à presidência da República.

Em 12 de dezembro, bolsonaristas tentaram invadir delegacias, depredaram prédios e incendiaram ônibus em Brasília. Apesar das horas de terrorismo nas principais ruas da capital brasileira, ninguém foi preso.

Em 24 de dezembro: apoiadores do presidente derrotado colocam uma bomba em um caminhão de querosene de aviação que se dirigia ao aeroporto de Brasília, a qual conseguiu ser desarmada antes da tragédia.

A escalada golpista atingiu seu clímax no dia 8 de janeiro com a Marcha sobre Brasília, quando os bolsonaristas, sob o olhar complacente da polícia do DF, invadiram e destruíram a sede dos Três Poderes para consumar o golpe de estado.

Alexandre de Moraes, ministro do Supremo Tribunal Federal, enfrentou a tentativa de golpe afastando o governador bolsonarista do DF e determinando a detenção dos invasores. Deu-se a maior prisão em flagrante da história do Brasil: 1.500 presos em 48 horas. Xandão também mandou desfazer os acampamentos golpistas nas frentes dos quartéis sob pena de responsabilidade pessoal de prefeitos, governadores e militares. Em seguida, mandou prender o Secretário de Segurança de Brasília, ex-ministro de Bolsonaro, por possível envolvimento nos atos golpistas, momento em que se descobriu na casa dele um esboço de decreto para consumar o golpe de estado.

A Marcha sobre Brasília falhou desgraçadamente.

Mussolini confessava nas suas cartas que a Marcha sobre Roma seria uma tragédia se houvesse a menor resistência. Seus fascistas só eram bons em espancar em grupos pessoas desarmadas; não tinham coragem, nem disposição para encarar alguém com capacidade de se defender. O Duce trabalhou com a mentira, manipulou o medo e tomou o poder sem maiores batalhas.

Se houvesse alguém com a coragem de Alexandre de Moraes, certamente a Itália não teria vivido negros anos de fascismo.

Procuram-se Bolsonaros

Em 2019, o presidente da República, Jair Messias Bolsonaro, abria seu governo perguntando o que significava Golden Shower ao postar um vídeo de um homem colocando o dedo no toba do outro e depois mijando na cabeça dele.

Foi senha do "Dia D"!

Hordas de Tias do Zap começaram a sair dos bueiros/apartamentos em Copacabana; dos túmulos brotaram zumbis de Reginas Duartes e cantores sertanejos; velhos broxas abandonaram seus saites de travestis para invadir as ruas com suas bermudas de sarja, meias sociais, sapatênis e camisa da seleção: começava o desembarque bolsonarista nas praias da Normandia-Brasileira para vencer a batalha final contra a civilização.

Explodia a luta pela liberdade de ser racista, antivacina, misógino, cruel, medieval, anticiência, arbitrário, anti-índio, tudo sob o selo de cristão, patriota e cidadão-de-bem. Todos unidos pra ter seus próprios fatos, sua terra no formato desejado.

Novos cruzados com suas camisas do Brilhante Ustra exortando a liberdade de expressão pra mentir, vincular vacinas à AIDS, desacreditar as urnas, destruir terreiros de umbanda, acabar com a cultura não alinhada ao seu conservadorismo tosco.

Lá se foram os batalhões de cristãos invadir hospitais de campanha para provar que a pandemia era uma fraude, uma desculpa internacional para prejudicar o presidente conservador brasileiro, os quais só não conseguiram tempo pra levar oxigênio pra centenas de manauaras sufocados nos seus próprios fluidos. Enquanto o povo morria de COVID aos milhares, na Avenida Paulista cidadãos-de-bem riam, cantavam, dançavam carregando caixões, agrediam transeuntes por usarem máscaras, exaltando a falsa pandemia.

E morre Olavo de Carvalho da doença que garantiu não existir, mas nem isso foi a criptonita capaz de deter a cruzada da Capitã Cloroquina e seu Sancho Pança Pazuello em atochar remédios ineficazes. Vacinas eram proscritas pelo Negacionista-Mor, a Pfizer implorava pra ser recebida pelo governo.

Em Brasília, enfermeiras eram esbofeteadas por servidores do Ministério dos Direitos Humanos por expressar luto pelos mortos da pandemia. – Ora, se a pandemia nunca existiu, então como deixar essas comunistinhas de merda atacar a imagem do seu Jair?!?

As tropas receberam reforços do Congresso Nacional, que aderiu entusiasticamente ao bolsonarismo depois do Orçamento Secreto, perto do qual o Mensalão deveria ser julgado pelo Juizado de Pequenas Causas ou então sequer julgado pelo princípio da bagatela.

Paulo Guedes não mediu esforços pela vitória, detonando o teto de gastos de uma forma que transformou as pedaladas da Dilma em um peido silencioso e sem cheiro num elevador vazio.

Nem o Poder Judiciário que tirou a eleição do Lula e a deu pro seu Jair ficou livre dos ataques.

Aqueles que sonharam com a ribalta do Jornal Nacional, posando de braços cruzados ao lado do Moro e do Deltan, de repente passaram a ser chamados de canalhas, acusados de serem advogados do PCC e ameaçados de espancamento. A cria havia se voltado contra o criador.

Então, de uma hora pra outra, aquele Tribunal que assistiu passivo ao circo da Lava-Jato para agradar a opinião pública, que não viu problemas de um Tribunal julgar um processo com 250 mil páginas em 36 dias, teve um estalo que havia alguma coisa errada. – Opa, gente, um juiz mandar prender um candidato e ir ser ministro do outro beneficiado, não é bacana, né? – Será que um magistrado escolher as causas que vai julgar tá de acordo com o Código de Processo Penal?

Aí devolveram pro Lula os direitos políticos tipo filme do Netflix: – O cara tá preso, fazendo apoio, abdominais, dando socos no ar, e aqueles que o prenderam entram numa fria e precisam libertar seu campeão pra limpar sua barra.

Daí o Lula sem camisa pinta o rosto, amarra uma faixa vermelha na cabeça, coloca a faca na bainha e parte pra ganhar a eleição.

Mas antes de gritar Adrian (Janja), já todo rebentado de uma luta onde Apollo-Bolsonaro usou todos os métodos sujos, ainda rolou uma tentativa de golpe de estado, o plano B do seu Jair.

O golpe não deu certo.

Nessa semana seu Jair foi declarado inelegível pelo TSE pelo ato preparatório do golpe, a famigerada reunião com embaixadores para denunciar uma suposta fraude nas urnas.

Acabava assim a saga política do militar que tentou colocar bomba em adutora, passou 30 anos hibernando como Deputado no Congresso Nacional e ganhou da mídia, do Judiciário e do Ministério Público a presidência da República.

A direita, lógico, fingiu indignação com a cassação, mas, a portas fechadas, comemorou a retirada do seu Jair do tabuleiro político e se prepara para lutar pelos restos políticos do morto.

O problema é que os herdeiros naturais do seu Jair sabem usar os talheres, andam com os membros superiores longe do chão e por isso não proporcionam às Tias do Zap a dose diária de fascismo que acabaram viciadas.

Alguém consegue ver Tarcísio de Freitas associando vacinas à AIDS ou debochando de pessoas morrendo sufocadas? Além disso, Tarcísio é um *workaholic*, enquanto seu Jair é essencialmente preguiçoso; ele também trabalhou em governos do PT, é articulado e aparentemente bem mais honesto que o cadáver político.

Romeu Zema é muito fofinho, não vai tirar foto fingindo metralhar petistas ou condecorar milicianos; ele não tem estômago pra isso.

Os MBLs são universitários demais; até se esforçam para parecerem toscos, mas ficam muito caricatos defendendo as pautas fascistoides; parecem crianças usando as roupas dos pais pra parecerem adultos.

Sérgio Moro é o melhor candidato a herdeiro, até a dificuldade de articulação verbal e escrita do seu Jair ele compartilha; sua ambição é ilimitada e é um sujeito para o qual os fins justificam todos e quaisquer meios. O problema é que tentou trair seu Jair meio cedo demais, denunciando a sua interferência na PF, achando que seria a barbada que foi com o Lula, com a mídia o incensando e os tribunais fazendo olas para suas aberrações. Esqueceu, apenas, que ele e seu Jair foram construídos com o mesmo material, são faces da mesma moeda; então seu veneno foi refresco pro ex-presidente. Traição, deslealdade e falta de ética são os sucrilhos do seu Jair. Então está carimbado como traidor pelas Tias do Zap e, além disso, deve ser cassado em breve; acabará tendo o mesmo fim do seu irmão gêmeo.

Então, pelo visto, ainda demorará um tempo para o novo Duce ser revelado; enquanto isso as Tias do Zap voltarão para suas vidas desgraçadas, os tios pros seus saites de travestis e as Reginas Duartes pra suas covas rasas carinhosamente apelidadas de vida.

Santacatarinização

Parte da população quer um golpe militar e para isso dorme em frente de quartéis, viaja pendurada em caminhões e reza pra pneus. Os motivos são variados: Lula é ladrão e a anulação da sua condenação quando muito o tornou um descondenado; as urnas eletrônicas têm graves problemas segundo uma *live* de um argentino, vozes da própria cabeça e o General Benjamin Arrola; será implementado o comunismo, apesar de três governos petistas nunca terem feito nada nesse sentido; crianças serão submetidas a banheiros unissex, ideologia de gênero, e o Brasil se tornará a Venezuela.

E o dia seguinte do golpe?

Há razoável consenso que Lula e Alexandre de Moraes serão presos? Ok. Mas, com base em que, uma decisão de um ditador? E quem será o autocrata, seu Jair das Rachadinhas, o Castelo Branco do Vivendas da Barra? Ou haverá um Tribunal de Exceção composto por Braga Neto, Pazuello e Heleno? Mas não basta prender o Alexandre de Moraes; sua decisão foi referendada por toda a Corte, então serão presos os demais Ministros do TSE, os quais também são juízes no STF. Quem vai ocupar o lugar dos presos? Damares Alves, Bia Kicis, Flávio Bolsonaro e Carla Zambelli?

E voltaremos para o voto impresso? Kombis transportarão urnas cheias de papel para os milhares de centros de apuração pelo país? Os mesários usarão telefones de ficha para se comunicarem com os Tribunais Eleitorais? Fuscas para os fiscais se deslocarem para as sessões com suas calças boca de sino?

E a maioria dos nordestinos que votou no Lula também serão presos? Ou impedidos de votar com base na alegada falta de capacidade defendida pela patriota segurando o cartaz "não vão comer o meu cachorro"? E se forem presos, o juiz será aquele caminhoneiro que comemorou o inexistente Estado de Sítio no 07 de setembro?

Talvez tentem uma santacatarinização dos nordestinos, com campos de reeducação em Camboriú e Jurerê Internacional, onde eles serão obrigados a ler Olavo de Carvalho, entrar em grupos de Zap e aprender a tomar espumante rosê de sunga branca ouvindo música eletrônica. Os que não se converterem, ou fugirem muito do biotipo sulista, poderão ser aproveitados para trabalhos forçados na Havan.

Certamente as escolas terão banheiros de homens e mulheres bem separados, até porque os *gayzinhos* estarão segregados, ouvindo o sermão do Pastor Valdemiro sobre a Cura Gay através dos feijões abençoados.

Como o Papa é confirmadamente comunista, segundo o Grupo do Zap, o novo regime nomeará Silas Malafaia como Chefe da Igreja Jairglicana Brasileira. O dízimo será descontado em folha e o comparecimento semanal na igreja neopentecostal será obrigatório.

E finalmente a pobreza vai acabar no Brasil! Sob o comando da loira botocada de Copacabana, que recebe pensão do pai militar como filha solteira, vai acabar aquela nojeirada de pobre dormindo na rua, pedindo dinheiro em sinaleira, pois, afinal, a partir do golpe vai valer a meritocracia: ou esses folgados vão trabalhar, ou vão presos e/ou terão o CPF cancelado.

De volta ao Ministério da Segurança Pública, Sérgio Moro vai aprovar as excludentes de ilicitude, que permitirão à polícia trabalhar em paz: excludente da forte emoção (quem nunca se emocionou com uma arma na mão e atirou num pobre?); excludente do petista abusado (ninguém tem que aturar um comunistinha comemorando o aniversário com a família sem fazer nada); e excludente da cara de bandido (preto, numa favela, com camisa do Flamengo, só podia ser traficante).

Sem a pressão comunista, Guedes poderá transferir seu Ministério para a Faria Lima, cortando auxílios de pobre e revogando as leis trabalhistas, que impedem as crianças de trabalhar em curtumes pra ajudar suas famílias. Nada de exportar postos de trabalho para a China e o Vietnã, se alguma criança tiver de trabalhar para baratear custos, que sejam as nossas. Patriotismo na veia!

Sob o comando de Ricardo Salles, a agricultura e a pecuária vão bombar sem esses ambientalistas que travavam nosso desenvolvimento. Nossas maçãs não apenas serão as mais bonitas, como brilharão no escuro e estarão prontas pra colheita em duas semanas. Nossas vacas produzirão *milk shake* através de suas 36 tetas; o gado ficará pronto pra abate em 30 dias, alimentando-se através das suas duas cabeças. Sim, o admirável mundo novo terá chegado!

Nossos transgênicos serão exemplo mundial, pois, afinal, que país tem um pé de alface que come gafanhotos e pequenos animais domésticos e, pra ser colhido, tem de ser contido com choque elétrico?

O Brasil vai florescer na Amazônia; serão várias Ratanabás nascendo ao mesmo tempo no lugar da floresta, com seus largos *boulevards* e cafés espalhados sobre o que antes eram as matas ciliares. Haverá empregos abundantes para os índios, que, santacatarinizados, servirão sorridentes nos cafés com suas roupinhas brancas inspiradas na colonização inglesa na Índia (índio, Índia: até o nome combina!).

Rancho Queimado, aquela cidade catarinense que, segundo o sábio Senador Heinze, teve menos mortes na pandemia por causa da cloroquina, baseado em um recorte do Zap com a foto da Mia Khalifa, se tornará a capital daquele estado. O tratamento com cloroquina será universalizado, e ela servirá para dor de cabeça, piolho, dor de cotovelo, perna quebrada, câncer, úlcera e enfisema pulmonar, pois, afinal de contas, não há nada provando que ela não funciona para essas coisas. A nova ciência virando realidade!

Bolsonarismo é uma espécie de túnel do tempo que tem como última parada a Idade Média.

Infiltrados

A esquerda desesperada infiltrou-se no impoluto movimento bolsonarista e atacou delegacias, incendiou ônibus e depredou carros nessa última semana.

Em vídeo publicado nas redes sociais, a conservadora-cristã Wanda Lisa de Legacia expôs todo o esquema armado pelo PT e o Foro de São Paulo visando a macular a imagem dos Patriotas que estão pedindo Golpe de Estado em nome da democracia na frente dos quartéis.

— A desconstrução da imagem do cidadão-de-bem, prossegue Wanda, "faz parte da estratégia do Partido Comunista Chinês para nivelar o cristão de direita à esquerdalha que faz peça de teatro com trenzinho de dedo no toba", arremata a bolsonarista com feições da Mia Khalifa.

Ou vocês acharam mesmo que a Carla Zambelli correu de arma em punho, com dois seguranças, atrás de um negro desarmado depois de mentir que tinha sido agredida por ele?

Seus filhotes da GloboLixo!

Caem no primeiro vídeo armado pelos comunistas para atacar o nosso Presida!

Esperando os difamadores investirem contra o grande *Cacique* Tsererê, preso injustamente pelo ditador Alexandre de Moraes, apenas porque ele foi condenado por tráfico de cocaína e acusado de manter prostíbulo, teve a ida pra Brasília financiada por fazendeiro golpista e, segundo sua própria tribo, nunca foi cacique de porra nenhuma!

Fácil identificar o perfil do lobotomizado pelo *mainstream* da esquerda, é o tipo de gente que acredita que o Gabriel Monteiro faz sexo com menores simplesmente porque o Gabriel Monteiro se filmou fazendo sexo com menores, ou que ele manipula crianças pobres para produzir vídeos para o YouTube levando em consideração os próprios vídeos do Gabriel Monteiro sem edição.

A lavagem cerebral comunista é um caminho sem volta!

Quando se vê, você acredita piamente que os recursos da educação estão sendo desviados por pastores picaretas, indicados pelo presidente da República, com base, pasmem, em um vídeo do ministro da Educação dizendo que as verbas do MEC dependerão do aval dos pastores picaretas, segundo orientação do próprio presidente da República. Ou que, para liberação de verbas, estão sendo exigidas bíblias produzidas na gráfica dos pastores picaretas, com foto do ministro da Educação, com base nas caixas de bíblias com foto do ministro da Educação encontradas no seu gabinete e que foram produzidas na gráfica dos pastores picaretas.

Nesse caminho sem volta, você vê traços nazistas quando o secretário da Cultura faz um discurso de Goebbels, com fundo musical de Wagner e uma foto do Führer na parede, ou quando o seu Jair se reúne com a neta de ministro de Hitler, que, por acaso, também é líder do partido alemão de extrema direita.

Sim, esse vírus criado nos laboratórios cubanos faz você duvidar que um cara que deu entrevista defendendo o aborto do filho, casou três vezes, nunca pisou na iniciativa privada e planejou colocar bomba em adutora, não é exatamente um modelo de conservador-cristão-liberal que vai combater a destruição da família tradicional.

Na bravata da desinformação, vende-se que submetralhadoras, fuzis e rifles, apreendidos na casa de catarinense que prega golpe de estado, são um risco para a democracia, e que uma intervenção militar não serviria para resgatar a nossa liberdade.

E de repente você acorda chamando seu Jair de pai do orçamento secreto só porque ele assinou o projeto criando o orçamento secreto!!!!

Pra quebrar o círculo vicioso da desinformação, é preciso procurar subsídios em fontes conservadoras idôneas, como o *articulista* Disney on Right – Rodrigo Constantino –, o qual, após o prudente silêncio sobre quatro anos de sucessivas explosões do teto de gastos por Paulo Guedes, denuncia veementemente o caos econômico que o novo governo causará ao pedir verbas extraordinárias para combater a fome e manter o sistema público de saúde.

Outra fonte confiável é a Faria Lima! Esses honrados Patriotas consideram que descumprir todas as regras fiscais às vésperas das eleições, bem como instituir um orçamento secreto de fazer inveja ao Mensalão, são coisas positivas para o mercado, ao mesmo tempo em que projetam o fim do mundo caso o novo governo insista em resgatar da fome 33 milhões de brasileiros.

Também não se percam de vista os juristas conservadores, que ficam perplexos com as atitudes de Alexandre de Moraes contra quem defende golpe de estado, apesar de isso ser crime tipificado no Código Penal, mas acham supernormal um juiz combinar provas com o Ministério Público, prender o principal candidato à presidência e depois aceitar ser ministro do presidente eleito beneficiado por sua decisão. Quem nunca?

O ser bolsonarista exige um grau de desonestidade intelectual, e perversão moral, como poucos movimentos já alcançaram na história. Seu Jair é a versão tropicalizada do Jim Jones, que leva seus seguidores ao suicídio espiritual repetidas vezes por semana.

E tudo foi filmado! – Pai, é a vovó rezando pra um pneu pedindo golpe de estado? "Vovô, é o Senhor viajando abraçado naquele caminhão branco?". – Vocês fizeram tudo isso por causa daquele cara corrupto e incompetente chamado Jair?

O bolsonarismo começou como aquele pessoal pedindo a volta da monarquia, defendendo golpe militar e de viés nazista que sempre estiveram presentes nos protestos do *impeachment* da Dilma. A diferença que antes eram grupelhos desdenhados e isolados pela própria direita. Steve Bannon e seus congêneres brasileiros tiveram o talento de transformar a exceção em principal e hoje, patriotas pedindo golpe de estado pra ETs com a lanterninha dos seus celulares, causariam extremo constrangimento naqueles que pediam a volta de Dom João.

Na frente dos quartéis, o Sebastianismo (ou Jairtianismo) com camisa da Seleção Brasileira acreditando que o presidente deprimido, franco e decadente possa ressurgir do próprio autodesaparecimento.

Seu Jair, que muito acertou pra se tornar um mito de quase metade do país, não está observando a regra de ouro desse tipo de movimento: se na queda se deixa de manter a aparência de grande líder, tornando-se uma pessoa normal, o futuro é ser destruído por hordas de Tias do Zap, velhos barrigudos de pochete e camisas polo e todo o tipo de gente louca, ressentida e insana.

Do *golden shower* ao BACEN

Lula ataca Campos Neto, presidente do BACEN, argumentando que nada explica a taxa SELIC elevada. Neto se defende no Roda Viva, com ajuda de uma colinha, dizendo que é mero coadjuvante da política econômica, que está baseada em metas de inflação estabelecidas em lei. PT quer convocar Neto a dar explicações no Congresso.

Ministério da Saúde decreta Emergência Pública nas Terras Yanomamis depois de constatar situação de calamidade com a morte de mais de 570 crianças por fome, malária e intoxicação de mercúrio, enquanto o governo planeja a retirada de 30 mil garimpeiros ilegais das terras indígenas.

Lula indica que vai trabalhar com a Lei Rouanet e é atacado nas redes sociais por bolsonaristas, acusando-o de dar dinheiro para artista famoso esquerdista.

Ministérios da Educação e de Ciência e Tecnologia anunciam que irão aumentar e reajustar bolsas de estudo do CNPq e da Capes após 10 anos de congelamento, enquanto o Ministro das Cidades relança o Minha Casa, Minha Vida para famílias que ganham até R$ 8 mil.

Brasil retoma relações amistosas com Argentina, Portugal, França e China, e anuncia que arquivou a ideia de transferir a embaixada brasileira em Israel de Tel Aviv para Jerusalém acabando com o ponto de atrito com os árabes.

Ministro das Relações Exteriores informa que Brasil não participará mais do Fórum Internacional em Defesa da Família Heterossexual, estabelecido entre seu Jair e o fascista Viktor Orbán, da Hungria.

Há quatro anos o governo começava com o presidente da República perguntando nas redes sociais o que significava *golden shower* após postar um vídeo no carnaval onde um homem colocava o dedo no ânus do outro e depois mijava na sua cabeça.

No Twitter, Weintraub, ministro da Educação, chamava a mãe de uma usuária de égua sarnenta e desdentada e mandava outro procurar o pai. É o mesmo ministro que, na pandemia, com o Brasil precisando de insumos pra vacinas e medicamentos, postou comentário xenofóbico contra a China, maior parceiro comercial do Brasil, estereotipando o sotaque asiático e dizendo que a crise sanitária era um "plano infalível" pra ela dominar o mundo.

O mesmo patriota comparou a atuação da PF em busca e apreensão contra bolsonaristas no inquérito das *fakes news* com a Noite dos Cristais nazista; disse que as universidades federais faziam balbúrdias e teriam plantações extensivas de maconha, ao mesmo tempo em que contingenciava verbas educacionais.

Enquanto isso, o operoso ministro da Educação deixou à míngua de planos e estratégias a Política Nacional de Alfabetização – uma das áreas apontadas como cruciais pelo seu próprio governo e, nem as tão faladas escolas cívico-militares, outra bandeira do MEC, saíram do papel.

Já a ex-ministra da Mulher, Família e Direitos Humanos, Damares Alves, disse, maravilhada, em um evento conservador, que "ninguém tinha lhe oferecido maconha e nenhuma menina havia enfiado um crucifixo na vagina", enquanto em outro evento denunciava o tráfico internacional de crianças brasileiras que tinham os dentes arrancados e recebiam dieta pastosa para facilitar o sexo oral e anal.

Enquanto 570 crianças yanomamis morriam desamparadas, Damares ensinava candidamente que meninos deveriam usar azul e meninas rosa.

Na secretaria especial da Cultura, Roberto Alvim fazia vídeos com visual nazista, som de Wagner e uma foto do seu Jair ao fundo, tudo isso enquanto cortava as verbas da cultura. Regina Duarte, sua sucessora, disse que a cultura é "aquele pum produzido com talco espirrando do traseiro do palhaço" e manteve os artistas sem verba durante a pandemia. O sucessor de Regina, André Porciuncula, decidiu usar a Lei Rouanet em dois grandes eventos em que a "princesa é a arma de fogo": "Pela primeira vez vamos colocar dinheiro da Rouanet em um evento de arma de fogo; vai ser superbacana isso".

Vacina causando AIDS, transformando gente em jacaré, negação do desmatamento da Amazônia, agressão à mulher do presidente francês, a lista de feitos do governo anterior é ampla.

Comemorar o novo governo não é uma questão de gostar do Lula, é apreciar o retorno à civilização, abandonar a Alta Idade Média rumo a um pós-modernismo realista.

É se libertar de uma seita no melhor estilo Jim Jones, onde milhares abandonaram qualquer racionalidade sindicável e se mudaram para a esquizofrenia paranoide, numa corrida maluca contra a mamadeira-de-piroca, comunismo, Foro de SP, gayzificação, fim da família, extinção da religião, transformando o contingente em principal e vivendo na órbita de fragmentos de realidade pinçados por algum blogueiro bolsonarista com notórios problemas mentais.

Enquanto o delírio rola desenfreado, alimentando e retroalimentado por redes sociais manipuladas pela extrema direita, a realidade vai se perdendo, tornando-se coisa de comunista, então a fome de milhões de brasileiros virá coisa da esquerdalha, a crise yanomami é uma fraude criada por venezuelanos e o Brasil pária internacional é uma distinção de quem combate o *mainstream* do globalismo satanista.

Uber se torna empreendedor, não um cara fudido que, sem conseguir um emprego formal, tem de se prostituir pra um aplicativo explorador e, se faltar dinheiro pra pagar as contas, isso tem a ver com a meritocracia, ao invés da bosta que se tornou o país.

E o zumbi passa a acreditar nisso através de influenciadores como Regina Duarte, aquela pensionista solteira de militar; da família Bolsonaro, que, desde os primórdios, vive pendurada nas tetas do estado para mamar de todas as formas possíveis e imagináveis; de militares golpistas alimentados pelo estado a picanha, leite condensado e pouco trabalho.

As pautas do novo governo são minimamente civilizadas sem entrar no mérito delas.

O PT é um partido que não evoluiu com a esquerda mundial, vive atormentado por seus dogmas pós-guerra-fria, não se renovou como seus congêneres europeus.

Lula entrará pra história como um dos maiores estadistas deste país, apesar do seu pouco estudo formal, o que não significa que será a estrela de antes para este terceiro mandato. Ele envelheceu e, diferente dos partidos, isso é seu direito inalienável.

Uma coisa é certa: a civilização venceu, venceu como deu e, se o gol foi de mão, pouco interessa; o que importa é que os brasileiros recomeçaram a andar com os membros superiores longe do chão.

Fazuele

Nasceu Fazuele! Barbudinha, 84 kg, 1,68m com uma barriguinha de chope. Esta semana ela comemorou 100 dias de existência. Os especialistas dizem que nos primeiros 100 dias a vida se resume a chorar, mamar, dormir, arrotar e fazer cocozinho.

A titia Dora Kramer disse que Fazuele se comportou muito mal nessa largada, demolindo a Privatização do Saneamento, insistindo na anulação da Lei das Estatais e invadindo terras produtivas através do seu amiguinho MST. Dorinha diz que a bebê fez cocozinho ao não acabar com o orçamento secreto e mexer na política de preços dos combustíveis, e ainda que chora demais por causa da independência do BACEN.

Tia Dorinha tem achado Fazuele confusa, sem foco, preocupada demais com o detalhe ao invés do todo e, apesar do pouco tempo de existência, tem ideias velhas, quer voltar no tempo.

Pra não parecer rabugenta, a tia diz que a bebê é melhor que Jairzinho; aquele menino era um selvagem: fazia arminha, não respeitava ninguém, mentia o tempo todo, a ponto de toda a vizinhança passar a evitar a Casa Verde-Amarela.

Já imaginando que seria criticada por exigir tanto de alguém tão recente, Tia Dorinha correu na frente pra dizer que Fazuele teve vidas passadas, que sua idade verdadeira era 8 anos.

Fräulein Helena Landau foi na jugular, dizendo que "é pura obrigação" Fazuele ser melhor do que Jairzinho, e se queixou da infante por não ter emplacado nenhum projeto novo, além de que nem com desmatamento do jardim da Casa Verde-Amarela tem sabido lidar. Tia Helena crava na herança genética passada pelo Pai Tomás (PT): "estado indutor, escolhas discricionárias, créditos direcionados e indicações políticas: mesmo cenário que levou ao Petrolão".

O Luquinhas Borges preferiu criticar através da máxima de "dizes com quem andas, que te direi quem és", arrematando que a Janga é uma má companhia para Fazuele, já que a moça é voluntariosa, não ouve os ministros e se precipitou falando na tributação das bugigangas asiáticas sem combinar com os russos (comunicação do Planalto e da Economia).

Pobre Fazuele! Quanta pressão! Já é *bullying*!

A coitada mal tinha nascido e já teve de enfrentar um golpe tudo indica coordenado por Jairzinho e sua Liga do Mal, liderada pelo Mumm-Rá-Heleno: "Antigos espíritos do mal, transformem essa forma decadente em Mumm Rá, o de governo eterno". A propósito, tenho sérias dúvidas se foi uma tentativa de golpe de estado, pois aqueles barrigudinhos de camisa da seleção, bermuda de sarja, meia social e sapatênis, e as loiras platinadas, filhas solteiras pensionistas de militares, estão mais para invasão zumbi do que outra coisa: "cérebro mamadeira-de-piroca, cérebro_mamadeira-de-piroca, cérebro_mamadeira-de-piroca"... Medo.

O último que tinha enfrentado um golpe foi o Janguinho, que demorou mais de 100 dias para conseguir assumir, época em que as Tias Dorinha e Helena nem tinham nascido... E outra, acho que daquela vez não havia os zumbis patriotas de agora.

Praticamente junto, descobriu-se que Jairzinho tinha liberado os garimpeiros na reserva yanomami, e que centenas de indiozinhos tinham morrido de fome e/ou envenenados. Lá foi a Fazuele apagar o incêndio.

Ela também viajou para melhorar a foto da Casa Verde-Amarela, prejudicada pelas doideiras do Jairzinho: USA, Uruguai, Argentina e China... Inclusive já fomos convidados pra participar da reunião do Grupo dos 7 no Japão.

Falando em Casa Verde-Amarela, a menina nasceu no meio da bagunça, fora os móveis destruídos, também estavam fora de ação o Minha Casa, Minha Vida e o Teto de Gastos, este último que deve ser substituído pelo pomposo Arcabouço Fiscal.

A menina é esforçada e talvez não merecesse ser tão criticada por atacar os juros, ainda mais se lembrarmos que o garoto do BACEN é cria do Jairzinho; então, o que nos garante que não é outro golpe daquela turma? Outra coisa: nunca Fazuele, nem o Pai Tomás (PT) simpatizaram com a autonomia do BACEN, então é um pouco estranho achar inusitado o que todo mundo já sabia.

Eu acho lamentável o desmonte do Marco do Saneamento, mas, infelizmente, não me elegeram presidente. Fazuele e PT não gostam de privatização, e não adianta arrancar os cabelos dizendo se não aprenderam nada com a desgraça da telefonia pública que nos ofereciam, porque quando você apertou 13 estava comprando o combo, então não vem a pipoca sem o refrigerante. *Capisci*?

Por que a Fazuele não acabou com o orçamento secreto? Porque precisa do Congresso pra governar, cara-pálida, ou você acha que a vida é tipo sessão da tarde, onde um cara simples resolve enfrentar os poderosos da cidade, apanha, vira o jogo, ganha a briga e no final dança loucamente *The Time of My Life* com seu broto? Não curte o Petrolão, mas quer que acabe da noite pro dia com o orçamento secreto? Tá achando que a vida é propaganda de Mórmons?

E não se enganem, o MST é amigo da onça, precisa da Fazuele, mas não gosta dela, invade pra chantageá-la; a questão fundiária é mero pano de fundo. Ele é tipo a Gleisi Hoffmann atacando o próprio governo: dinheiro, poder e relevância estão em jogo.

Antigamente eu também acreditava em avanços civilizatórios, como independência total do Judiciário, MPF, serviço público sem interferência política, e que era possível colocar só a cabecinha. Mas depois de ver Juiz combinando prova com promotor, prendendo um candidato para ir trabalhar com o outro, essa turma toda se lançando na política, acabei descobrindo que a somente a parte da cabecinha talvez seja plausível... O Brasil é uma selva, então se viva entre selvagens! Ninguém tem de se oferecer em holocausto para uma camarilha que usa as prerrogativas democráticas pra destruir a democracia.

Nossa geração perdeu! Falhamos! Nossos sonhos elevados pariram Moros, Baruscos e Deltans. Saem Castelos Brancos e entram Bolsonaros; Trocam-se Golberys por Carluxos. Darwin, Darwin, Darwin: onde erramos?

A Tia Dorinha é rabugenta mesmo! Nos outros 100 dias também desceu o cacete no Jairzinho, dizendo que ele não tinha tido um dia relevante; lembrou a piada do sujeito que fez dieta por quinze dias e no fim percebe que perdeu duas semanas na vida.

Helena era meio apaixonada pelo capitãozinho que queria colocar bomba em adutora, aquele que nunca trabalhou na iniciativa privada; via nele o FHC Bronco da Privatização, mas nunca escondeu a decepção de descobrir que "o que parece ser, normalmente é o que parece", então Jairzinho era e continuaria sendo um mamateiro inútil que cria confusão pra não ter de trabalhar.

Todos concordam que Tia Dora acertou sobre as outras vidas da Fazuele; pena que nelas não viu um esquema infame que se levantou contra ela a partir de Curitiba, nem uma humilhante condução coercitiva midiática, tampouco a morte da esposa no meio dessa tempestade de laboratório. Perderam-se, ainda, 580 dias de prisão, o falecimento do neto, do irmão, impedimento de não poder concorrer a uma eleição, e Fazuele rolando a pedra pra cima do morro, e a pedra caindo, e rolando de novo, e a pedra caindo, até ver reconhecida sua inocência.

Fazuele não é perfeita, mas é o que a civilização tinha a oferecer.

O Hino Rio-Grandense e a mamadeira-de-piroca

O Rio Grande do Sul é o único estado onde seus conterrâneos conhecem e cantam seu hino estadual frequentemente. Levantar durante o Hino é um movimento involuntário. Várias vezes no estádio Beira-Rio, durante o Campeonato Brasileiro, o Hino Nacional foi abafado pelo Hino Rio-Grandense cantado a plenos pulmões pela torcida. É que a organização do campeonato retirou do cerimonial a execução do hino local, levando os gaúchos a cometer a grosseria de atalhar o Hino brasileiro.

Rio-Grandenses se emocionam cantando o hino, que os remete a um sentimento de unidade e identidade, façanhas heroicas de um povo que conviveu com fronteiras secas que tiveram de ser conquistadas com muito sangue, aço de espadas e heroísmo contra os nada amigáveis castelhanos. Na então província de São Pedro do Rio Grande do Sul, Farroupilhas lutaram 10 anos contra um império, criaram uma república inspirada nos mais altos valores da época: Liberdade, Igualdade e Fraternidade. Sim, fomos derrotados, mas, o Império precisou mobilizar um país continental para derrotar quem foi apelidado de farrapos pelo péssimo estado das roupas.

Neste chão, o italiano Garibaldi e suas tropas carregaram nas costas, pelo pampa, o barco Seival, com seus 15 metros de comprimento e 12 de altura, para chegar ao litoral e partir pra conquistar Laguna, em Santa Catarina, o porto tão necessário para o sucesso revolucionário. O porto de Rio Grande, no extremo sul, estava na mão dos imperiais. Guiseppe derrotou a Marinha Imperial e conquistou Laguna.

Na causa farroupilha também lutou a catarinense Anita Garibaldi, nossa Joana D'Arc, que se engajou na luta cruenta pela manutenção de Laguna, atravessando uma dúzia de vezes o fogo cruzado em uma pequena lancha para trazer munições aos revolucionários. Capturada na Batalha de Curitibanos, conseguiu fugir grávida das tropas imperiais depois de enganar os soldados e tomar um cavalo. Lutou pelo Rio Grande, lutou pela unificação italiana ao lado de seu marido Garibaldi. Garibaldi do seu barco com uma luneta viu Anita passeando por Laguna e imediatamente partiu para procurá-la. Já desistindo, foi convidado para tomar um café por um lagunense e naquela casa estava ela. Ele escreveu nas suas memórias:

> Entramos, e a primeira pessoa que se aproximou era aquela cujo aspecto me tinha feito desembarcar. Era Anita! A mãe de meus filhos! A companhia de minha vida, na boa e na má fortuna. A mulher cuja coragem desejei tantas vezes. Ficamos ambos estáticos e silenciosos, olhando-se reciprocamente, como duas pessoas que não se vissem pela primeira vez e que buscam na aproximação alguma coisa como uma reminiscência. Saudei-a finalmente e disse-lhe: "Tu deves ser minha". Eu falava pouco o português, e articulei as provocantes palavras em italiano. Contudo fui magnético na minha insolência. Havia atado um nó, decretado uma sentença que somente a morte poderia desfazer. Eu tinha encontrado um tesouro proibido, mas um tesouro de grande valor.

Neste chão ainda se consegue escutar o barulho abafado da brava tropa de Lanceiros Negros com o casco dos seus cavalos cortando o mar verde dos pampas. Ex-trabalhadores rurais, domadores e tropeiros das charqueadas, esses negros livres derrotaram tropas imperiais regulares em batalhas épicas, como a do Seival.

Daqui partiu Getúlio Vargas para depor a Velha República de Washington Luís. Cavalos amarrados no Obelisco da Avenida Rio Branco, no Rio de Janeiro, anunciaram a vitória gaúcha. "Rio Grande, de pé pelo Brasil!", bradava a propaganda ufanista.

Quem nunca ouviu falar de Leonel de Moura Brizola colocando o estado em armas contra o golpe de estado tentado pelos militares contra João Goulart, na chamada Campanha da Legalidade? Porto Alegre tomada por barricadas, tropas de resistência sobre o Palácio Piratini, esperando o ataque aéreo que parece que nunca se realizou pela sabotagem feita nos aviões da Base Aérea de Canoas.

Em setembro é montado um acampamento na capital rio-grandense, uma cidade de piquetes (casas rústicas de madeira), pra saudar a epopeia farroupilha, onde as pessoas confraternizam cantando músicas nativas e comendo churrasco. As músicas são interrompidas com frequência para o Hino do Rio Grande do Sul ser cantando de forma espontânea por gaúchos e gaúchas de todas as idades que não raro o fazem com os olhos marejados:

Como a aurora precursora
Do farol da divindade
Foi o 20 de setembro
O precursor da liberdade

Mostremos valor, constância
Nesta ímpia e injusta guerra
Sirvam nossas façanhas
De modelo a toda Terra

De modelo a toda Terra
Sirvam nossas façanhas
De modelo a toda Terra

Mas não basta, pra ser livre
Ser forte, aguerrido e bravo
Povo que não tem virtude
Acaba por ser escravo

Mostremos valor, constância
Nesta ímpia e injusta guerra
Sirvam nossas façanhas
De modelo a toda Terra

De modelo a toda Terra
Sirvam nossas façanhas
De modelo a toda Terra

Hino Nacional se executa, Hino do Rio Grande do Sul se canta.

A letra do hino foi escrita por Francisco Pinto da Fontoura, tem música do maestro Joaquim José Mendanha e harmonização de Antônio Corte Real. Sua versão atual remonta a 1933. Mendanha era negro, mineiro e acabou aprisionado com sua banda na cidade gaúcha de Rio Pardo depois da Batalha do Barro Vermelho. Especula-se se sua participação no hino teria sido espontânea ou decorrente da condição de prisioneiro.

Em 2021, na cerimônia de posse, a bancada negra da Câmara Municipal de Porto Alegre, filiada ao PSOL, ficou sentada durante a execução do Hino do Rio Grande do Sul, alegando que sua letra teria conotação racista na estrofe: "Povo que não tem virtude, acaba por ser escravo".

Para esses vereadores, esse trecho do hino legitimaria um processo de destruição da humanidade do povo negro e significaria: "o nosso povo negro não tem virtudes, por isso foi escravizado". Portanto, na visão desses vereadores, o Hino do Rio Grande do Sul, amado pelos gaúchos, seria racista.

O Movimento Tradicionalista Gaúcho, através da sua Diretora Graziela Dutra, que é negra, refutou a acusação de que o hino seria racista, destacando a atuação dos Lanceiros Negros na Revolução e que esse tipo de debate tira o foco das grandes lutas identitárias prementes na sociedade.

O historiador Ivo Bittencourt também discordou da imputação de racismo, destacando que os acusadores não levaram em consideração o significado da palavra *escravo*: "O Hino Rio-Grandense valoriza o cultivo de princípios virtuosos para que um povo se mantenha em liberdade, através da continuidade da capacidade de decidir segundo seus próprios valores. A utilização da palavra *escravo* está no sentido figurado, sendo o vício entendido como o oposto da virtude, como o fator escravizante."

Está claro que o significado de se escravizar por falta de virtude remete à perda da liberdade no sentido mais amplo. No contexto farroupilha, queria dizer ser governado por um descendente de português, pela falta de liberdades republicanas e a submissão a tributos escorchantes que não levavam em conta os interesses locais.

Aliás, considerando que o hino se remete à guerra, escravizar significa ser rebaixado à condição servil pelo vencedor, o que na história aconteceu com todos os povos, como o tráfico árabe de caucasianos capturados em guerras. O Canato da Crimeia ficou conhecido pelas excursões na Alemanha, Polônia e na própria Russa para captura de brancos para servirem de escravos no império Otomano e Oriente Médio. Havia mercados de escravos caucasianos na Costa Bérbere (Marrocos, Argélia, Tunísia e Líbia) comandados por otomanos.

O episódio resume o velho vício da esquerda brasileira de problematizar questões periféricas pra comandar narrativas inconsistentes. Aqui há o inusitado encontro da esquerda com a direita, pois a problematização do hino é nada mais, nada menos, que a nova mamadeira-de-piroca utilizada pelo Bolsonarismo para apavorar as pensionistas filhas de militares do grupo do Zap.

Em comum entre ambos os polos está a preguiça. É que na medida em que se debate o hino, todas as questões reais envolvendo identidade de minorias passam ao largo, enquanto os dândis bem-intencionados alimentam suas teses morféticas, assim como é mais fácil debater mamadeiras-de-piroca do que o sistema educacional brasileiro.

Se atreva a dizer algo contra isso e tenha certeza de ser chamado de fantoche da GloboLixo pelos bolsonaristas, e racista/fascista pelos esquerdistas, pois, como a nenhum dos dois escapa o oco das suas ponderações, então resta mirar no mensageiro ao invés da mensagem.

O que mais surpreende nessa problematização é que as hipotéticas vítimas do problema raramente identificam naquilo um problema, então é como se um terceiro viesse convencê-lo onde o seu sapato aperta apesar de você ter certeza que ele é confortável. A esquerda é useira e vezeira de se outorgar o título de mediadora da realidade, bem instalada no alto de suas Torres de Marfim, em relação às pessoas que vivem na realidade. Os gaúchos amam seu hino e não o consideram racista, mas os Escolhidos vieram nos comunicar que nossa percepção está errada e, se disser o contrário, automaticamente você se revelará um maldito racista desumanizando negros com seu espírito de porco fascista.

Como diz minha mãe, mamadeiras-de-piroca e problematizadores de hino que vão carpir um lote.

Alô, Deltan? Aqui é o Deltan

Depois de *hackers* invadirem aplicativos de mensagens dos integrantes da Lava-Jato e o portal *Intercept Brasil* divulgar as conversas, no que ficou conhecido como Vaza-Jato, veio à tona um grupo de Telegram que Deltan Dallagnol havia criado consigo mesmo.

Em janeiro de 2018, Deltan mandou uma mensagem para Deltan divagando sobre sua possível saída do MPF pra entrar na política: "Tenho apenas 37 anos. A terceira tentação de Jesus no deserto foi um atalho para o reinado. Apesar de em 2022 ter renovação de só 1 vaga e de ser Álvaro Dias, se for para ser, será. Posso traçar plano focado em fazer mudanças e que pode acabar tendo como efeito manter essa porta aberta."

Os planos de Deltan deram certo e ele acabou eleito Deputado Federal mais votado do Paraná.

Esta semana o Tribunal Superior Eleitoral cassou o mandato de Deltan com base na Lei da Ficha Limpa, paradoxalmente uma norma defendida caninamente pela Lava-Jato contra seus adversários.

Fiquei imaginando que se Deltan planejou a candidatura exitosa com Deltan, provavelmente também ligou pra Deltan depois da cassação:

DELTAN DALLAGNOL: – Porra, atende, é importante... Atende, Deltan, é o Deltan...

Deltan Dallagnol: – Alô? Fala Deltan, beleza, como vão as coisas, nunca mais me ligou...

DELTAN DALLAGNOL: – Dezinho, para de frescura, perdi o mandato, o TSE me cassou, a casa caiu, tô fudido!

Deltan Dallagnol: – Eiiii, calma, respira, eu vi agora no Twitter.

DELTAN DALLAGNOL: – Calma o caralho, acho que você não tá entendendo, o Lula me cassou, perdi o mandato, estou desempregado.

Deltan Dallagnol: – *Take it easy*, Delta, você não está falando coisa com coisa. Quem te cassou foi o TSE. O que o Lula tem a ver com isso?

DELTAN DALLAGNOL: – Seu burro, foi o PT que entrou com a ação, e o Lula manda em tudo!

Deltan Dallagnol: – Delta, desde que quando o Lula manda nos ministros indicados pro TSE pelo seu Jair e o Temer? Você está ficando neurótico. Relaxa. O TRF4 vai resolver, nem esquenta a cabeça.

DELTAN DALLAGNOL: – Anta, você não entendeu nada! Dezinho, nesse caso não tem TRF4, não tem 13.ª Vara de Curitiba, não tem Russo, vou ter de encarar a Justiça, estou apavorado.

Deltan Dallagnol: – Tá, relaxa, pelo menos não vai ser julgado por uma Lava-Jato, né? Imagina você conduzindo as investigações com o Moro kkkk? Ia ser condução coercitiva, prisões pra forçar delação, apreensão de *tablet* de criança, mídia posicionada na porta da casa do acusado, advogados grampeados, juiz combinando provas com o promotor... Você vai ter direito à ampla defesa e um juiz imparcial: pensa que novidade! Lembra que também tem aquela galera no STF que queria abrir uma franquia da Lava-Jato em Brasília, lembra?

DELTAN DALLAGNOL: – Tá, você tem razão, não vai ser uma Lava-Jato me processando, graças a Deus! Mas você esqueceu que estou há anos dizendo que o STF é corrupto e só defende bandidos? A maioria não gosta de mim, não vou ter como combinar provas e decisões. O Fux é o típico carioca, quando eu tava na crista da onda, queria tirar foto comigo, agora na desgraça não me dá nem bom-dia. Barroso começou a fazer biquinho depois que o ordinário do Greenwald divulgou nossas mensagens, não quer sujar as mãozinhas. Quanta hipocrisia. Agora todo mundo finge que não sabia como funcionava a Lava-Jato. Fizemos o que foi necessário, ninguém pegaria o PT se fôssemos seguir as leis e dar aquela penca de direitos pra esses esquerdistas desgraçados.

Deltan Dallagnol: – Delta, não te faz, você sabe que exagerou! Porra, o que foi aquela merda que vocês fizeram com o reitor de Florianópolis? O cara não tinha feito nada, era uma pessoa simples que vivia para a universidade, tinha um carro usado na garagem. Algemar pés e mãos? Acusar o cara de roubar valores que nem eram destinados à universidade?

DELTAN DALLAGNOL: – NÃO FUI EU, VOCÊ SABE!!!! VOCÊ SEMPRE ME ATIRA ISSO NA CARA!!! Já disse e repito: a culpa foi da Erika Marena! Ela queria entrar no nosso clube e ficava viajando com teses malucas; disse que havia desvio de dinheiro da Petrobras através das universidades, eu só não contradisse ela, fui educado, ela achou que podia mandar brasa. Eu por acaso tinha obrigação de revisar cada investigação que um puxa-saco meu fazia? Você me deixa mal com esse tipo de comentário. Eu vejo vultos de noite. Será que é ele que está destruindo a minha vida? Não, né, não existe essa coisa de espírito segundo o meu pastor da Igreja Batista. E eu só fiz o bem, o PT roubava, queria que o dinheiro fosse para hospitais, educação, lazer... É que nem guerra, Dezinho, há danos colaterais!

Deltan Dallagnol: – Danos colaterais tipo a eleição do seu Jair?

DELTAN DALLAGNOL: – Você sempre apontando o dedo pra mim, né? Quem elegeu ele foi o povo brasileiro. Tá, mandamos prender o adversário dele; sem isso ele não tinha ganho. E se tivesse elegido o Bolsonaro? Qual o problema? Queria que o Haddad tivesse sido eleito, seu Isentão? Seu Jair era o que a casa tinha a oferecer! E entre nós: ele é legal; confesso que não tenho coragem pra ser que nem ele; ele mete o pé na porta sem dó.

Deltan Dallagnol: – Não força, Delta! O cara é fascista, negacionista, foi expulso do exército depois de planejar uma bomba numa adutora, aprovou 2 projetos em 27 anos como deputado, sempre esteve metido na chinelagem da rachadinha, defende torturador...

DELTAN DALLAGNOL: – Nóffffaaaa, Dezinho-Isentão, cheio de moral, esqueceu da nossa Fundação de 6 bilhões, rei da moral? Comentar jogo jogado é barbada. Esqueceu nossa combinação de colocar ele de presidente, depois o acusar de qualquer merda, mandar nossos *pitbulls* pra cima dele (imagina meter a Érika na parada kkkk), pra eleição seguinte o Russo entrar? E na seguinte Euzinho? Sou jovem, Bebê, posso esperar minha vez! Mas agora a casa caiu, Dé, o que eu faço?

Deltan Dallagnol: – A imprensa te salva. A Globo e o Antagonista não vão te deixar na mão. O *Estadão* vai botar pra quebrar no Editorial. Delta, depois que o William Bonner falar com aquela voz grossa e bonita que você foi vítima do sistema corrupto, você volta pro cargo em 24 horas.

DELTAN DALLAGNOL: – Porra, cara, você tá atrasado; eles agora fingem que não me conhecem, me acusam em silêncio de ter colocado no poder o cara que matou milhares de brasileiros na pandemia, fingem nojinho dos nossos métodos depois que o fdp do Glenn trouxe à tona nossas mensagens. Depois que o Moro tentou dar o golpe no seu Jair, denunciando a tal interferência na PF, nem aqueles jornalistas de programa da extrema direita nos apoiam, dizem que somos traidores. O próprio Russo tá fazendo corpo mole pra me defender; ele acha que a batata dele tá assando e é melhor não se meter muito. Só falta agora deixar na minha conta o que aconteceu na Lava-Jato. EU FIZ O QUE ELE MANDOU! Ele ia ser presidente primeiro. Ele foi ouvir a conja e botou a boca no trombone cedo demais; era pra ter deixado seu Jair fazer mais merda; esqueceu como armávamos tudo no tempo da Lava-Jato? Lá éramos um time em que o juiz jogava conosco. O Russo não aprendeu nada. Quis agir sozinho, deu nisso! Não vou ver bode expiatório. Vou botar a boca no trombone.

Deltan Dallagnol: – Tá, ok, mas eles não vão aguentar a pressão do povo na rua. Relaxa. Vão ser milhares batendo pixulecos e gritando seu nome. A Janaína Paschoal dando passagem pra Pomba-Gira na frente da FIESP, o MBL lotando a paulista. Você vai voltar nos braços do povo, Delta!

DELTAN DALLAGNOL: – Você não entende? Estou falando com uma porta? Quem tem vergonha na cara não me apoia mais depois da Vaza-Jato. Restaram aqueles bolsonaristas de sapatênis que não têm estômago pra se admitir totalmente fascistas! O MBL vendeu o corpo pro seu Jair. O gado nos chama de traidores! São uns desgraçados. Eu fiz tudo para eles. Fui a voz deles. Sujei minhas mãos por eles. Agora apontam o dedo pra mim como se eu fosse culpado pela morte do Reitor, desastre da pandemia, eleição do fascista. Deus me escolheu pra limpar esse país, pra acabar com o comunismo. Sou um Santo Guerreiro, e Santos Guerreiros tem de fazer coisas feias para chegar aos grandes objetivos. Alguém acha que Joana D'Arc distribuía panfletos da Igreja Batista na Guerra dos 100 Anos? Fui a alma do Brasil pedindo mudanças, limpei a política, reinventei o Brasil. E agora me olham torto? SOU O FILHO DE VOCÊS! NASCI DO VENTRE DE VOCÊS! FIZ O QUE VOCÊS GOSTARIAM DE TER FEITO! VOCÊS MATARAM O REITOR! VOCÊS DESTRUÍRAM AQUELAS VIDAS! VOCÊS ACABARAM COM AS EMPRESAS! NO MÁXIMO EU FUI O INSTRUMENTO DE VOCÊS, UM SEQUESTRADO NO PROJETO DE VOCÊS. ENTÃO ME AMEM! ME EXALTEM! NÃO ME ABANDONEM! PORQUE EU SOU O ESCOLHIDO DE DEUS! CADA BATIDA DO PIXULECO GRITAVA: – VAI LÁ, DELTAN, ACABA COM ELES, SEJA NOSSA VOZ, SEJA NOSSAS MÃOS!

(...)

DEZINHO, FALA ALGUMA COISA. DEZINHO? DÉ? VOCÊ DESLIGOU??? MALDITO!!!

DELTAN DALLAGNOL: – Deus, atende, é importante... Atende, Deus, é o Deltan, o Escolhido... PQP, caiu na caixa postal.

Os fascistas mataram Cau

Cau (Luiz Carlos Cancellier de Olivo), filho de Vitório Lorenzi Cancellier e Madalena Furlan; os avós de Cau imigraram da Itália para Tubarão, SC; apesar do "z", seu nome foi homenagem a Luís Carlos Prestes; era o irmão do meio, sendo Acioli o mais velho e Júlio o caçula; nunca foram batizados, pois, apesar de a mãe ser católica, o pai era antirreligioso.

Cau era franzino, de esquerda e tinha asma; adolescente, em Tubarão, criou o jornalzinho mimeografado *A Construção*.

Cau passou pra Direito em Florianópolis, em 1977, abandonou Tubarão e o jeito franzino: agora tinha 1,90m; um alto que falava baixo, gostava de ler e de política; logo em seguida trancou a faculdade, entrou pra oposição, acompanhou a campanha de Nelson Wedekin, advogado que defendia os presos políticos na ditadura; viria a se tornar seu grande amigo.

Cau trabalhou no jornal *O Estado*, onde conheceu a diagramadora Cristiana Vieira; demorou pra conquistar Cris, que na época tinha namorado; Cau pedia pro rapaz do Telex produzir textos falsos para colocar na mesa dela: "Jornalista em perigo apaixonado por diagramadora amadora"; um dia Cris aceitou sair com Cau; ele a pegou de moto e foi para o Macarronada Italiana, na Beira-Mar Norte, em Floripa; lá trabalhava o garçom Andrade, ou simplesmente Zé; Zé sabia que Cau pedia sempre talharim ou lasanha à bolonhesa; o convite pro casamento de Cau e Cris foi um jornalzinho chamado "Acredite, se Quiser", escrito por ele e diagramado por ela.

Cau e Cris tiveram o filho Mikhail, em 6 de junho de 1987; o nome foi sugerido por Cau em homenagem a Mikhail Gorbatchóv e Mikhail Bakhtin; Mikhail rendeu uma nova edição do jornalzinho *Acredite se Quiser*; tiveram problema na hora de batizar Mikha, que tinha um avô paterno anarquista, avô materno espírita, avó materna católica e pais agnósticos; além disso, o padre queria trocar o nome dele pra Miguel; mas deu tudo certo no final.

Cau, Cris e Mikha se mudaram pra Brasília quando Nelson Wedekin tomou posse como Senador por Santa Catarina; Cris foi ser secretária de gabinete; Cau assessor de imprensa do Banco Nacional de Crédito Cooperativo.

Cau voltou pra Faculdade de Direito em 1996, depois de Wedekin largar a política; formou-se em 1998; fez mestrado; completou o doutorado em 2003; passou em 1.º lugar no concurso pra professor da UFSC em 2005; chegou a reitor 18 anos depois de ter se formado: foi eleito em 11 de novembro de 2015 e tomou posse em 10 de maio de 2016.

Cau e Cris se separaram em 2006; ele foi morar em um apartamento de classe média a poucas quadras da UFSC; sua vida havia se tornado a UFSC.

Os fascistas mataram Cau:

- 14 de setembro de 2017: a Operação Ouvidos Moucos era anunciada na página do Facebook da Polícia Federal: combate desvio de mais de R$ 80 mi de recursos para EaD; 105 policiais federais cumprem 16 mandados de busca e apreensão, 7 de prisão temporária e 5 de condução coercitiva, além do afastamento de 7 pessoas das funções públicas que exercem na #OpOuvidosMoucos.
- A PF seguiu pro o prédio ao lado da UFSC; mandou o porteiro liberar o acesso para o apartamento 302 do bloco C; Cau atendeu a porta enrolado numa toalha; Cau foi preso.
- A imprensa foi previamente avisada pela PF e transmitiu a ação ao vivo; Cau foi levado para a sede da PF em Florianópolis; aguardou seu depoimento escoltado por quatro policiais armados de escopetas.
- Levaram Cau pro Presídio da Agronômica; foi submetido a revista íntima; teve os braços algemados; recebeu correntes marca-passo nos pés e uniforme laranja; primeiro foi colocado em uma jaula do lado de fora da Penitenciária com o rosto virado

pra parede; depois foi pra uma cela com um beliche de concreto (boi), um buraco no chão de privada e uma torneira que servia a água potável e também de descarga.
- A PF disse que Cau era o líder da quadrilha que havia desviado R$ 80 milhões em cursos de Educação a Distância do Programa Universidade Aberta do Brasil feito, pra capacitar professores da rede pública; R$ 80 milhões era o valor total desse programa; a maior parte desse valor chegou à UFSC entre 2006 e 2015; Cau só assumiu como reitor em 2016.
- Érika Marena era a delegada chefe da Operação Ouvidos Moucos; deixou (ou foi afastada?) a (da) força-tarefa da Lava-Jato em Curitiba no final de 2016 e foi ocupar a Delegacia de Combate à Corrupção e Lavagem de Dinheiro da PF em Florianópolis; no posto anterior, teve a ideia de batizar a força-tarefa de Curitiba como Lava-Jato.
- Érika estava como Moro, Deltan e Bretas na *avant-première* do filme *Polícia Federal: A lei é para todos*, no qual Flávia Alessandra interpretava a delegada Bia inspirada nela.
- Érika, segundo o Intercept, trocou mensagens no Telegram com Deltan Dallagnol, em 12 de julho de 2017, dizendo que tinha descoberto o desvio de verbas da Petrobras através da UFSC: – Deltan, descobri um novo jeito que a Petrobras vinha mandando dinheiro para os partidos... através de dinheiro dado a projetos das universidades federais. Eu estou aprofundando desvios da educação em casos aqui em SC (...): o dinheiro chega para a universidade, que dá na mão da fundação para gerir (desviar), ou a Petrobras pula a universidade e faz o contrato (mutreta) direto com a fundação, e dali os valores são enviados para onde se quiser, do jeito que quiser, sem qualquer prestação de contas a quem quer que seja...
- Érika estava animada para levar a Lava-Jato para dentro das unidades, segundo outra conversa com Deltan vazada pelo Intercept do dia 13 de julho de 2017: – Deltan, com esses mi-

lhões e milhões da Petrobras jogados nas universidades federais, podemos levar a LJ para a educação...
- Érika parecia querer voltar pra Lava-Jato, pros filmes, pras *avant-premières*, coletivas de imprensa, reportagens do JN.
- Finalmente soltaram Cau, mas o proibiram de entrar na UFSC.

Os fascistas mataram Cau:
Cau saiu da prisão, chegou em casa, abraçou Mikha e disse que "não iria lhe pedir desculpas porque ele não tinha que se desculpar por uma coisa pela qual não tinha responsabilidade".

O irmão de Cau passou no Macarronada Italiana pra comprar comida pra Cau jantar no apartamento.

Em 16 de setembro de 2017, o senador Nelson Wedekin divulgou a defesa pública do seu velho amigo: a prisão de Cancellier foi um ato despropositado, uma decisão atrabiliária. Uma inaudita violência. As autoridades que tomaram a decisão não se deram conta da desproporção que existe entre o bem que se pretendia preservar e o mal sem cura que dela resultou.

Cancellier será finalmente absolvido, mas a sua reputação foi abalada sem remédio e para sempre. As autoridades responsáveis, os algozes, continuarão na ativa ditando normas, regras, sentenças, e quando errarem, como agora, o azar será de quem atravesse o caminho. Não correm nenhum risco de pagar pelo exagero, leviandade e inconsequência. Me desculpe, mas isso não é Justiça.

Cau foi na Macarronada Italiana no domingo; lá Zé o viu cabisbaixo:
– Não estás legal, não estás bem...
– Estou bem, Zé.
– E o Cauzinho?
– O Mikha está bem.
– E tu, Cau, como estás? Como está a política?
– Me afastei da política, não estou mais na política.
– Vamos sentar.
– Não, Zé, vim só te ver, tomar um cafezinho contigo e dar um abraço. Estou com saudade de ti.

– Cau, fala pra mim, o que você tem...

– Estou bem, Zé.

Cau abraçou o Zé, deu um beijo nele, disse adeus e saiu.

Cau ligou pra Mikha, que não atendeu; então ele deixou uma mensagem na caixa postal dizendo que o amava e admirava.

Cau foi para o Shopping Beira-Mar Norte na manhã seguinte; pegou o elevador até o 7.º andar; aproximou-se da escada rolante, colocou a mão no corrimão e deu um pequeno impulso, suficiente para que seu corpo caísse os 37 metros até o chão.

Cau tinha no bolso um bilhete: "A minha morte foi decretada quando fui banido da universidade!"

Taparam o corpo de Cau com uma lona preta.

Depois da morte de Cau, Deltan mandou mensagem de apoio à Érika, de acordo com o Intercept: – Erika, eles não prevalecerão. É um absurdo essas críticas. Um bando de – perdoe-me – imbecis.

Os fascistas mataram Cau:

Cau voltou a primeira vez pra UFSC depois da prisão dentro de um caixão lacrado sob os aplausos de centenas de alunos, professores e servidores.

Rosi Correa de Abreu discursou pelos servidores técnico-administrativos: – Esperamos que esta dolorosa partida sirva de reflexão para todos, especialmente aqueles ávidos por holofotes, que, entorpecidos por ego e vaidade, extrapolam suas funções...

Leonardo Moraes falou em nome dos estudantes: – Aqui mais uma vítima da canalhice do estado de exceção... Um processo arbitrário conduzido por uma delegada possivelmente inconformada por ter sido afastada da Lava-Jato.

Roberto Requião homenageou Cau no Senado Federal: Talvez fosse pedagógico, ou mesmo um exercício indispensável, que se estudasse a ascensão do fascismo na Alemanha, Itália, Espanha, Portugal. E o fenômeno do macarthismo nos Estados Unidos. Se assim o fizéssemos, dispararíamos todas a sirenes de alerta para avisar esta pátria tão distraída que o monstro vem aí.

Érika Marena foi promovida à superintendente da PF em Sergipe; depois foi promovida pelo Ministro Sérgio Moro para o comando do Departamento de Recuperação de Ativos e Cooperação Jurídica Internacional em Brasília.

Como havia previsto Wedekin, em julho de 2023, o Tribunal de Contas da União absolveu Cau de todas as acusações ("Cancellier será finalmente absolvido, mas a sua reputação foi abalada sem remédio e para sempre").

Os fascistas mataram Cau:

Chegaram com seus facões, tochas e forcados, todos "cidadãos de bem" na luta gloriosa contra a corrupção, dispostos a tudo pela justiça implacável, justiça padrão Lava-Jato.

Essas mãos empurram Cau naquele *shopping*: mãos de canalhas, sádicos, patifes, adictos da fama fácil, das coletivas de imprensa; heróis fajutos, sepulcros caiados, farsantes que constroem suas carreiras sobre cadáveres de gentes e reputações, sempre dispostos a agradar sua turba de gente ruim, tosca, rasa, manipulável, chula, fascistoide, que ressignificam suas vidas desgraçadas no sofrimento alheio.

Ai de vós, doutores da lei e fariseus, hipócritas! Porque sois parecidos aos túmulos caiados: com bela aparência por fora, mas por dentro estão cheios de ossos de mortos e toda espécie de imundície! (Mateus 23:27)

Os fascistas mataram Cau.

Fontes:

Markun, Paulo. *Recurso Final* – A investigação da Polícia Federal que levou ao suicídio de um reitor em Santa Catarina. RJ: 2021, 1.ª ed., Ed. Objetiva.

https://www.intercept.com.br/2022/01/18/dallagnol-soberba-morte-reitor-ufsc/

https://noticias.ufsc.br/2023/07/decisao-do-tcu-alivia-drama-dos-ultimos-seis-anos-na-ufsc-cancellier-foi-vitima-diz-reitor/

Dia do Patriota

A Câmara Municipal de Porto Alegre aprovou o Dia do Patriota no 8 de janeiro. O dia da tentativa de golpe de estado se tornou uma data de celebração na capital dos gaúchos.

Alexandre Bobadra, do PL do seu Jair, apresentou o projeto instituindo o Dia do Patriota. O prefeito da capital gaúcha Sebastião Melo não vetou, nem sancionou a Lei do A. Bobadra, que voltou para a Câmara depois do prazo regimental pra ser promulgado pelo vereador Hamilton SOSsmeier (trocadilhos maravilhosos do Peninha).

O problema de Sebastião Melo é o amor platônico que tem pelo seu Jair, sempre disposto a tacar o pau na vacina, piscar o olho pra cloroquina, mas, na última hora, negar tudo. O prefeito faz a linha do difícil enquanto fica com os mamilos intumescidos torcendo pra receber um "oi sumido" do miliciano no WhatsApp, ou um "se tiver no RJ aparece"...

Uma semana depois da promulgação da lei, o cidadão-de-bem A.Bobadra foi cassado porque teria se apropriado do fundo partidário e do tempo de televisão que caberia aos seus colegas de partido. Ninguém duvida que se trata de uma retaliação do Partido Comunista Chinês através da sua célula Foro de São Paulo armando contra o impoluto conservador.

As redes sociais conservadoras apoiaram maciçamente o vereador cassado, e a #SomosTodosABobadros chegou aos *trends topics* do Twitter.

O Dia do Patriota, ou dia do A. Bobrado, confirma a vocação agro do Rio Grande do Sul, pois agora, além da feira agropecuária Expointer, no Parque Assis Brasil, na cidade de Esteio, o gado também será homenageado no 8 de janeiro. O Sul tá parecendo a Índia: gado é sagrado, pode andar livre pelas ruas e recebe todo tipo de homenagem.

Pelo grau de importância que o gado vem conquistando, em breve outro A.Bobadro apresentará projeto na Câmara Municipal de Porto Alegre pra proibir o churrasco em nome do combate ao canibalismo.

Antes o gaúcho tocava o gado, hoje o gado que toca o gaúcho. Coisa do passado, o Brizola montando barricadas na Campanha da Legalidade para garantir a posse do vice-presidente eleito, a moda agora é invadir prédios públicos na Campanha da Ilegalidade pra impedir a posse do presidente eleito através de golpe de estado.

Bem que Santa Catarina tentou nos superar na gadice, mas aprovar uma data pra comemorar tentativa de golpe de estado fracassada elevou o Rio Grande do Sul pro padrão Vacun-Golden-Master! Vem aí uma nova Revolução Farroupilha para anexar Balneário Camboriú e Rancho Queimado aos pampas como possessões extraterritoriais.

Devemos reconhecer: OS GAÚCHOS MERECERAM O DIA DO A. BOBRADO! Foi aqui que, no meio da manifestação golpista, alguém gritou que o Alexandre de Moraes havia sido preso e todos se abraçaram chorando e, em outra ocasião, os valentes acampados na frente do quartel começaram a piscar a lanterna do celular pedindo intervenção militar pra ET.

No novo Pampa, a bombacha é coisa do passado; a moda agora é camisa polo amarela pra dentro da bermuda de sarja, barriga de chope transbordando pra fora do cinto preto, meia social marrom, sapatênis e *rayban* de aviador. Na cintura, ao invés da guaiaca, pochete verde com a cinta amarela.

Também já era a prenda, modelo de mulher gaúcha, tipo Casa das 7 Mulheres, pois a musa do Dia do Patriota será a bolsonarista Andressa Urach, que, além de prestar serviços adultos na capital gaúcha, encarnando a livre iniciativa empreendedora do Paulo Guedes (– pode até mamar, mas não mama no estado), ainda por cima é uma entusiasta da família, tanto que põe o filho a filmar suas interações patrióticas com os tomadores dos seus serviços. Seu Jair colocou os filhos na política onde trabalhava, Dra. Urach seguiu a mesma vibe adaptando as circunstâncias. Apenas dá um frio na espinha se a musa bolsonarista for interpretar a Jocasta...

No primeiro Dia do Patriota será lançada a bandeira do movimento, com uma terra plana sobre o fundo dourado representando as joias sauditas presenteadas ao grande patriota Jair Bolsonaro e, também, o Hino do Dia do Patriota (ou Hino do A. Bobrado), que será executado pela Dra. Andressa Urach de biquíni verde-amarelo no Largo Hermann Goring (ex-Largo Zumbi dos Palmares):

> Ouviram o berrante com olhar plácido;
> De um gado heroico, o zurro retumbante
> E o Sol da liberdade, em raios fúlgidos
> Brilhou na Terra Plana nesse instante
>
> Pro o Pneu, dessa igualdade
> Nossa fé e coração orando forte
> No capô do Scania, ó liberdade
> Desafia o nosso peito a própria morte
>
> Ó ET amado,
> Idolatrado
> Salve! Salve!

A festa será aberta com a explosão do caminhão-tanque no aeroporto de Porto Alegre e prosseguirá com desfile de caminhões com um patriota com camisa da seleção agarrado no capô. Os caminhões seguirão até o Parque do Pneu (antiga Praça da Redenção), onde Silas Malafaia fará a pregação diante do Túmulo do Pneu Desconhecido.

Para o desfile de inauguração do Dia do Patriota, a Prefeitura distribuirá gratuitamente tiaras de flores para as meninas, chapéu de alumínio para os meninos e suco de cloroquina. Os Patriotas poderão homenagear seu Jair estendendo o braço e gritando Heil Mito no panteão do golpe que será construído na Praça da Matriz no lugar onde fica a estátua do Júlio de Castilhos.

Também no 08/01 será inaugurada a estátua da Carla Zambelli no lugar onde antes estava a comunistinha da Anita Garibaldi. Nesse dia será protocolado o projeto de lei mudando o nome da capital gaúcha para Gado Alegre.

Pra participar do evento, é obrigatória a apresentação da Carteira de Não Vacinado expedida mediante uma taxa em qualquer Assembleia de Deus.

Aliás, é absolutamente proibida a vacinação no Dia do Patriota; todas as patologias deverão ser tratadas com cloroquina ou receitas do grupo do WhatsApp.

Gado Alegre (ex-Porto Alegre) se lança como grande polo do turismo conservador com a nova efeméride do Dia do Patriota, e já planeja megaeventos, como "1º Encontro Internacional da KKK" e a "Jornada Latino-Americana dos Supremacistas Brancos".

À noite, o grande Baile Municipal de Gado Alegre acontecerá na Sauna Conservadora Dia do Patriota – Just for Men (ex-Sauna Independence Day). É vedada a participação de mulheres no evento, que deverão se dedicar às aulas particulares de tênis nos seus prédios sem quadra (tomalê raquetada, tomalê raquetada).

Nas *pick-ups* da Sauna Conservadora, Reginaldo Perna de Mesa, o Doutrinador! Patriota-Brocador ensinará métodos de invasão forçada na sala escura. São permitidas interações patrióticas entre os héteros desde que sem beijo na boca, como convém ao pai de família conservador. Mocinhas que carregam o Motorola PT-550 bateria de 24 horas na calcinha têm entrada liberada até a meia-noite.

#Selva

Barbie bolsonarista

Nem a transbordante beleza da Margot Robbie seduziu os bolsonaristas. Pra eles, Barbie é a encarnação do demônio, um péssimo exemplo para as crianças da impoluta família tradicional-conservadora.

A deputada Alê Portela publicou no Instagram a chamada do filme entrecortada com faixas: "NÃO É PARA O PÚBLICO INFANTIL", apesar de que a classificação indicativa de Barbie sempre foi pra maiores de 12 anos (lógica e bolsonarismo não ficam à vontade na mesma frase). Também alertou que o filme lida com "assédio, prisão, bebidas alcoólicas e profundas reflexões sobre sua existência", sem contar que foi produzido para "adultos nostálgicos e promove histórias de personagens lésbicas, *gays*, bissexuais e transgêneros".

O impricionante (*sic*) Abraham Weintraub publicou que não é a primeira vez que o nome Barbie está a serviço do demônio; o filme seguiria o mesmo caminho do Klaus Barbie, da SS nazista, conhecido como o carniceiro de Lyon. O ex-Ministro da Educação, que já chamou a mãe de uma usuária do Twitter de égua sarnenta e postou comentários xenofóbicos contra a China, disparou: "Protejam seus filhos de qualquer linha ideológica de Barbie! Da antiga ou da atual!"

Daí a mesma turma que ironizava pessoas sufocando nos próprios fluidos na pandemia, 570 crianças ianomâmis mortas de fomes e/ou envenenadas por garimpeiros, passou a ter ataques de pelanca com a potencial influência do filme da boneca no público infantil, que, pela classificação indicativa, sequer assistirá ao filme.

Fico imaginando como seria a Barbie ideal dos bolsonaristas...

A primeira providência seria se livrar da Margot Robbie, pois, além de bonita, é uma mulher inteligente, escolhida uma das 100 pessoas mais influentes do mundo em 2017, que com 16 anos tinha três empregos, mas mesmo assim conseguiu tempo para estudar teatro, além de já ter sido indicada a dois Oscares, quatro Globos de Ouro e cinco Baftas (British Academy Film Awards).

O perfil ideal pros Patriotas seria alguém do biotipo da Damares Alves, sem grandes belezas aparentes (e ocultas), crente, anticiência, antivacina, anti-índio, antiquilombola, antiminoria, sempre disposta a denunciar o abuso de crianças na fronteira da Ilha de Marajó com a Guaiana (locais que no mapa não são limítrofes).

O filme se passaria em Ratanabá, a pátria mítica dos conservadores, onde a Damares-Barbi seria uma recatada esposa do lar, dependente do marido, Ken, pastor de uma franquia da Igreja Evangélica da Lagoinha com problemas com a bebida. Ken seria um mestiço que exalta sua improvável descendência alemã e tem sérias restrições com quilombolas e outras minorias que, segundo ele, usam sua condição para se vitimizar e pleitear vantagens.

A Barbie-Crente teria oito filhos, invariavelmente concebidos durante alguma bebedeira do Ken.

O filme começaria com uma greve de fome da boneca contra a professora de biologia que se nega a lecionar o criacionismo na escola, insistindo naquele demoníaco darwinismo com seus macacos (*aff*, criado à imagem de Deus!), e o professor de história *gay*, que estão tentando impor aos seus filhos.

Quando a escola decide capitular depois dos carros dos professores terem sido incendiados e seus nomes divulgados nas redes sociais com acusações falsas de pedofilia e satanismo, Barbie vai de surpresa até a igreja do Ken contar a novidade e o flagra de cinta-liga vermelha sendo empalado pelo travesti para o qual estava ministrando a cura *gay*. Depois de uma rápida discussão, o marido convence Barbie que tinha sido enfeitiçado e, pra não deixar dúvida, dá três tiros no veado. O casal reconciliado limpa o sangue do chão sagrado, esquarteja o imoral, coloca numa mala, abandona a mala no pátio de um petista e faz uma ligação anônima pra polícia para comunicar o homicídio.

Daquele dia em diante, nas raras ocasiões em que o casal teve momentos íntimos, que acontecem invariavelmente quando ele se excede muito na bebida, o Ken sussurra trocando o nome da esposa: –

Geraldo, Geraldão... Como boa esposa que é, Barbie sabe que ainda deve ser efeito do feitiço daquela bichinha.

Barbie também enfrenta a justiça esquerdista, que tenta tirar a guarda dos seus filhos por se negar a vaciná-los contra a COVID, mesmo depois de três deles terem morrido durante a pandemia, e no final consegue se livrar com uma carteira falsificada de vacinação conseguida pelo assessor do presidente da República.

O filme também tem um trecho político mostrando a eleição brasileira entre Lula e Bolsonaro, com depois do 1.º turno Ken indo acampar na frente de quartel e aparecendo no jornal local comandando uma oração coletiva na frente de um pneu de trator. Barbie comemora em silêncio o que sabe ser o começo de uma carreira política de sucesso para Ken, que aparentemente se livrou do feitiço do travesti.

O filme tem uma reviravolta depois de Ken, bastante alterado, aparecer no 8 de janeiro no Jornal Nacional cagando numa obra de Aleijadinho durante a invasão do STF e acabar preso no dia seguinte (ela fica pensando se aquilo pode ter a ver com o remédio pra rinite que Ken cheira várias vezes ao dia). Barbie entra em desespero ao constatar que, mesmo pegando o dinheiro do transporte das crianças com câncer pra quimioterapia arrecadado pela igreja, a família no máximo conseguirá sobreviver por um mês.

Desesperada, Barbie procura emprego na Havan, mas recebe a informação de que o Hang passou a apoiar o Lula e não quer ligação com ninguém relacionado ao seu Jair. No grupo do Telegram, onde vários políticos planejavam a intervenção militar, o silêncio é completo, ninguém atende o telefone ou as mensagens; ficam só postando apoio nas redes sociais.

O filme reforça a importância da família quando o filho de Barbie, vendo-a chorar desesperada por não conseguir sustentar a casa, a abraça e diz para ela não se preocupar, pois ele está vendendo umas paradinhas na escola que o amigo colombiano dele repassa, e vai garantir a grana necessária para o sustendo de todos. Ele também conta que aqueles amigos ex-policiais do Ken, que trabalham com televisão a cabo alternativa e vendem segurança no bairro, todos cristãos e cidadãos de bem, jamais deixarão faltar nada dentro de casa.

A família tem um alento ao saber que um grupo de conservadores, liderados pelo Senador Girão, estão indo a Nova Iorque denunciar a prisão ilegal dos Patriotas no 08/01, o que pode libertar Ken da Papuda. A esperança vai embora depois de saberem que a ONU, que recebe esse tipo de denúncia, fica na Suíça: os políticos erraram o continente.

No final Ken é solto por Alexandre de Moraes com uso de tornozeleira, a família se reúne novamente e a igreja é reaberta anunciando a volta da cura *gay*. À noite a família toda vai colocar fogo num terreiro de umbanda instalado nas proximidades da igreja, enquanto Ken estava preso.

#Selva

A Barbie esquerdista

Lúcia Monteiro demoliu a estereotipada patricinha Margot Robbie em artigo publicado na *Folha de S. Paulo*. Lembrou que a reunião de cúpula no quartel-general da Mattel – a tal fábrica escravocrata da bonequinha capitalista – foi comandada por homens. Apesar de falarem que a alma do negócio é a agência feminina, a capacidade de fazer escolhas com independência e liberdade, aquela diretoria de héteros caucasianos, machos-alfas com suas gravatas vistosas, mostra que no final quem manda é o patriarcado capitalista decadente.

Lúcia aponta que em determinados momentos, Barbie se torna a própria encarnação daquilo que critica ao abordar os bonecos da Mattel que saíram de linha: Allan, o não hétero, e Midge, a Barbie grávida. A descontinuidade do Allan e da Midge escancara a submissão da fábrica à lógica escrota de uma sociedade hipócrita que só faz reproduzir sexismo e misoginia.

A articulista não se deixa seduzir com a diversidade de Barbies no filme, já que negros, asiáticos e outras minorias são simplesmente uma estratégia de marketing para compensar os danos que o padrão de beleza irrealista, inatingível e racista da boneca loira, com seios volumosos e pernas longas, causou. Mais do que isso: a pseudodiversidade não atinge os papéis de protagonistas, reservados aos loiríssimos Margot Robbie e Ryan Gosling.

Usam-se causas progressistas para perpetuar a submissão feminina a padrões de beleza da elite racista branca, patriarcado cínico e capitalismo misógino.

Enquanto a Margot Robbie com sua estonteante beleza branca tenta se humanizar ao descobrir uma imperceptível celulite na sua coxa torneada à mão por Deuses do Olimpo, a Mattel despeja milhares de dólares achacados de trabalhadores do Terceiro Mundo em publicidades para fazer com que crianças africanas rejeitem seus biotipos ancestrais.

No filme, a ninfeta do capitalismo diz que não tem vagina, tentando cinicamente se dessensualizar, como se aquele monumento de mulher não fosse a encarnação da concentração estética, a anticristo de milhares de proletárias da beleza que têm de se contentar em ser, quando muito, engraçadinhas, com maridos carecas, barrigudinhos e de pau pequeno, enquanto a Barbie se refestela com Kens perfeitos, que lavam suas cuecas nos próprios abdomens de tanquinho e transam naquele ritmo bate-estaca.

A Barbilândia cinematográfica foi concebida pra lembrar que é proibido às pessoas comuns acessar o mundo rosa da burguesia hétera, branca e judaico-cristã; quando muito, podem trabalhar em algum porão de país subdesenvolvido montando a tal bonequinha pra receber um humilhante salário de fome.

Fico imaginando como seria a Barbie ideal dos esquerdistas...

A primeira providência seria se livrar da Margot Robbie, pois, além de reproduzir o padrão estético ariano, mora no Tio Sam e estrelou o Lobo de Walt Street interpretando uma cadelinha do capitalismo.

A Barbie esquerdista seria uma mescla de Marilene Chauí, Jeans Willys e Luciana Genro, enquanto a Barbilândia seria aclimatada no Rio de Janeiro. O rosa seria substituído pelo vermelho do sangue proletário derramado na luta contra o capital.

Barbie teria um cargo na CUT, apesar de nunca ter pisado na iniciativa privada e ter passado sua vida sustentada pelos pais num apartamento de classe média na Tijuca, no Rio de Janeiro. Sua jornada de trabalho se resume a assinar o ponto uma vez por mês no sindicato.

Ken a conheceu numa manifestação em defesa da democracia venezuelana sob Maduro. Ele a abordou para perguntar se aquela camisa do Guevara tinha sido comprada em Cuba e despertou a atenção da revolucionária pela folha de maconha desenhada na camisa.

O boneco contou que faz parte do Coletivo Libera a Erva. Seu trabalho é passar o dia fumando maconha na beira da praia para afrontar a sociedade careta e continua morando com os pais aos 42 anos num apartamento em Copacabana.

Ficaram maravilhados ao descobrir a quantidade de coincidências nas suas vidas. Ken também é sustentado pelos pais e começou a estudar Sociologia e depois História na UFRJ. Acabou trancando depois de não conseguir concluir os cursos. Atualmente está há nove anos tentando formar-se em Serviço Social. Ambos tiveram cargo não remunerado no Diretório Acadêmico e ainda acusam os pais de serem burgueses escrotos por cederem à lógica do capitalismo ao trabalharem para sustentar a casa.

Barbie contou que está filiada ao Partido da Causa Operária, só vê autoritarismo na democracia burguesa e tem ânsia de vômito com a *american way life*. Disse que na sua cabeceira os livros *Cartas do Cárcere* e *O Capital* são presenças confirmadas e não se separa do pôster da África de las Heras por um milhão de dólares. Confidenciou que já quebrou três vitrines de Mc Donald's com paralelepípedos e também fuma maconha regularmente.

Ele convida a Barbie pra aceitar, tomarem um chope na Avenida Barata Ribeiro. A madruga os encontra sentados no Arpoador discutindo o melhor modelo socialista pro Brasil. Enquanto a boneca defende algo mais sisudo tipo a velha Albânia, Ken vê com bons olhos o socialismo tropical cubano. Quando a discussão começa a ficar acalorada, os lábios se encontram, encerrando os debates.

Durante o beijo banhado pela luz da lua, Barbie pega a mão dele e a conduz à sua virilha e confidencia que tem vagina e não a depila, ao que Ken responde que pra isso não tem pênis. Ela pergunta: "É por que você é um boneco?" Ele responde: "Não, de tanto fumar maconha, fiquei broxa", e começa a chorar no sovaco cabeludo da boneca.

Ken chama um Uber pra Barbie. No dia seguinte, ela tem um protesto na frente de uma escola infantil pra implantação da ideologia de gênero e banheiro unissex, enquanto Ken combinou de fumar maconha na Barra da Tijuca com seus amigos do coletivo.

O astrólogo Olavo de Carvalho

Flopou a homenagem a Olavo de Carvalho na Câmara dos Deputados. Só foram seis deputados bolsonaristas, sendo que dois deles eram os que apresentaram o pedido: Carla Zambelli e Bia Kicis.

Carla Zambelli é a patriota que na véspera da eleição perseguiu um homem negro desarmado, segurando uma pistola, junto com seus seguranças depois de mentir que tinha sido agredida por ele. Essa semana a Patriota foi transformada em ré pelo STF contra o voto do Nunes Marques, que criou a figura jurídica da legítima defesa de perseguir negro desarmado, algo tipo aquela excludente de violenta emoção que o Sérgio Moro tentou emplacar pra permitir que a polícia matasse pobre em paz.

Carla Zambelli ficou famosa em 2020 por postar que estava com COVID e depois responder a própria postagem desejando "Força e muita força, você é a nossa representante". A cidadã de bem, que tem severas restrições cognitivas para trocar o perfil antes de atacar de robô, foi a proponente da solenidade de homenagem do Olavo de Carvalho. A outra proponente da solenidade, Bia Kics, teve as redes sociais bloqueadas sob acusação da difundir *fakes news*. Essas são as crias cuspidas e escarradas do astrólogo Olavo de Carvalho que planejaram a homenagem flopada.

Alguém escreveu no Twitter que Olavo de Carvalho é um ignorante para os verdadeiros filósofos e um verdadeiro filósofo para os ignorantes.

Na década de 80, aquele que viria a se tornar o muso intelectual do bolsonarismo, trabalhava como astrólogo. Anunciava no *Estado de São Paulo* sua participação no 2.º Encontro de Cultura Avançada como diretor da Escola Júpiter de Astrologia, onde falaria sobre o tema "O Homem na Astrologia". Em outro anúncio nos classificados desse jornal, Olavo vendia seu curso de astrologia de 8 meses como "um estudo da vocação da pessoa segundo o estudo de seu mapa astrológico".

Apesar da flopada do evento, o Walter Mercado do Bolsonarismo é cultuado nas redes sociais, a ponto de ser comparado com Platão e Sócrates pelo gado.

Na Nárnia redpillada bolsonarista, você é tapado se não concordar que o cara que acreditava na Terra Plana está no mesmo patamar de Platão, Aristóteles, Tomás de Aquino e Galileu. Considerando que o guru dessa galerinha faleceu de COVID, a doença que ele dizia ser "historinha de terror", esse tipo de inferência não destoa do padrão de escassez intelectual:

"O medo de um suposto vírus mortífero não passa de historinha de terror para acovardar a população e fazê-la aceitar a escravidão como um presente de Papai Noel" (Twitter do Olavo de Carvalho de maio/2020).

Na narrativa bolsonarista, Platão conheceu Sócrates com um turbante na cabeça jogando búzios e fazendo mapa astral numa tenda montada em Atenas, sem contar que, sendo o primeiro capricorniano, supercombinou com o segundo, que era de virgem, que também é signo de terra. A GloboLixo não mostra, mas a maçã caiu na cabeça de Galileu enquanto ele fazia um mapa astral na sombra daquela árvore...

Nem tentem dizer pra um bolsonarista que astrologia do Walter Mercado não é a mesma coisa que astronomia aristotélica, pois quem pede intervenção militar piscando lanterna pra ET, ou reza pra pneu, não consegue se ater a essas ninharias acadêmicas inventadas por algum comunista adorador do Paulo Freire.

Fico imaginando como seriam as previsões astrológicas da Zora Yonara do Bolsonarismo:

Áries (21/03 – 20/04)
Há um aspecto tenso de Marte que deixa você nervoso e impulsivo; então é melhor não tentar convencer seus familiares alienados que a terra é plana neste almoço de domingo. Como Vênus retoma o movimento direto em Leão, há grandes chances de você encontrar seu

amor em algum piquete na frente de quartel. Não deixe aquele Júpiter com movimento retrógrado em Touro impedir você de amar apenas porque o Patriota curte dormir de conchinha com outro cidadão de bem pra se aquecer no acampamento golpista de Teresina. Seu número é 32 e sua pedra é tijolo.

Touro (21/04 – 20/05)
A Lua em Peixes se une a Netuno, que está em tenso aspecto com Mercúrio progressista, indicando um dia em que a GloboLixo vai manipular seu entendimento, vendendo o mito da terra esférica pra tentar transformar a sociedade judaico-cristã em transformistas-*gays*. A Lua começa um novo ciclo, entra na fase Nova em Virgem, chega em tenso aspecto com Netuno e em ótimo com Urano e Plutão, indicando para você não tomar nenhuma vacina para não se deixar inocular com tecnologia do Partido Comunista Chinês. Seu número é 32 e sua pedra Pirita.

Gêmeos (21/05 – 20/06)
É a vez de Mercúrio retomar o movimento direto em Virgem, momento que favorece você reforçar sua masculinidade intimidando o motorista desarmado do carro batendo o cabo da arma no vidro. O Sol começa a caminhar através de Libra, e junto com Marte, que também está nesse signo, marca aquele prazeroso momento de colocar o entregador do iFood no seu devido lugar depois de ele ter o desplante de pedir para você descer pra dizer o código e pegar a entrega. Não esqueça de chutar a moto daquele desclassificado e ligar mentindo para o serviço de entrega para ele perder sua fonte de renda. Seu número é 12 e sua pedra é esmeralda.

Câncer (21/06 – 22/07)
Júpiter, o planeta das benesses e dos presentes, inicia a caminhada através de Touro, favorecendo projetos pra se apropriar de joias públicas. No trabalho, cuide com a entrada de Vênus nesse signo, e encontre alguém que não faça delação premiada depois de ser preso. Seu número é 171, sua pedra é diamante e seu relógio é Rolex.

Leão (23/07 – 22/08)
Teremos dois eclipses no eixo Áries/Libra, que vai favorecer aquele serviço social de distribuir quentinhas apenas para quem disser que não votou no Lula. Plutão deixa Capricórnio no fim de março e traz o risco de você descer o braço na sua esposa, que está pegando no seu pé por causa das mensagens da sua amante no seu celular. Espanque um mendigo para descarregar sua raiva e não levar más energias para o sagrado lar cristão-conservador. Vênus entra em seu signo e se une a Júpiter, o que aconselha você a trocar a senha do seu celular para sua mulher não descobrir que sua amante tem um pênis maior que o seu e aquele *baby-doll* rosa que sumiu da gaveta dela caiu perfeitamente bem em você. Seu número é 24 e sua pedra é Opala.

Virgem (23/08- 22/09)
Em julho e até o início de setembro, Vênus estará retrógrado e isso favorece aquele seu plano para entrar na KKK. Com a Lua Nova chegando junto de Mercúrio e Marte em Libra, você está naquele momento de tomar suas próprias decisões sem ouvir terceiro lhe dizendo que alguém com sua pele parda entrar na KKK é uma incoerência. Oportunidades amorosas vão surgir entre junho, julho e agosto, porque Vênus, a deusa do amor e dos relacionamentos, aparece com marte, o deus do desejo, da sexualidade, então encontre alguém que aceite sua tara por homens com roupa de couro em motociatas. Seu número é 666 e sua pedra é rubi.

Libra (23/09 – 22/10)
Plutão continua em Capricórnio durante a maior parte do ano, favorecendo invasões de prédios públicos pedindo golpe de estado. Netuno está em Peixes, pedindo um olhar mais integrado de sua saúde, então talvez você fique descansando alguns dias na Papuda. Seu número é 171, sua pedra é ônix e seu relógio é tornozeleira.

Pistolinha, Andressa Urach, Mauro Cid *et. al.*

O Pistolinha, o ator pornô com nanismo, comeu a Andressa Urach vestida de Branca de Neve com o filho dela filmando. O guerreiro era pequeno, mas a lança não. Pistolinha fez a felação de pé e Andressa a retribuiu deitada com ele de pé. O pequeno tripudiou no papai e mamãe e de quatro. Tudo muito novo pra mim, que acreditava que comer de quatro eram apenas dois casais jantando juntos.

Andressa nunca negou ser bolsonarista, fazendo todo o sentido defender a família na hora de escolher o *cameraman* (*camerason*?) da cena com o Pistolinha ou guardar aquele momento de ternura em que ela tatuou "faz o PIX" no toba.

Larissa Manoela sentou ferro nos pais vestidos por ela de pilantras. A coitada contou que tinha que discutir a relação com a mãe por WhatsApp para comprar um milho na praia e tinha apenas 2% das empresas que administravam sua carreira. Brigou com os pais. Assumiu a administração. Postou vitoriosa foto no Instagram comendo milho num pote na Barra da Tijuca. PQP, MILHO NO POTE, NÃO NA ESPIGA, OS PAIS TINHAM RAZÃO!

Desde que a Luana Piovani começou a discutir atraso de pensão no Instagram, a moda agora é lançar seus problemas sobre a multidão de seguidores, como roqueiros cabeludos se atirando do palco sobre a plateia, e enfrentar o júri das redes sociais: – Declaramos o réu, CANCELADO. Uiii. Tomolê.

A mãe rebateu no *Estadão* que ela tinha cartão *black* e estava sob influência do novo bofe. Discussões na janela do prédio é muito demodê, assim como conversar na sala de casa. A partir de agora, vou me sentir pobre se não estiver discutindo a relação nas redes sociais ou em jornais de grande circulação. Como dizia a Poetisa: "Beijinho no ombro pro recalque passar longe; beijinho no ombro só pras invejosas de plantão; beijinho no ombro só quem fecha com o bonde; beijinho no ombro só quem tem disposição" (POPUZUDA, Valesca. *Beijinho no Ombro*. RJ: 2014, Ed. Complexo do Alemão, p. 171).

E falando em pornografia, o seu Jair meteu ferro sem clemência no tenente-coronel Mauro Cid fantasiado de otário, dizendo que ele vendeu o Rolex desviado do Tesouro na sua autonomia funcional. A cena ficou clara: Mauro acorda; vê o Rolex sobre a mesa do presidente; o guarda no bolso; pega um voo para a Pensilvânia/USA; vende o relógio numa loja de penhores e deixa os dólares na gaveta do seu Jair. Fico me martirizando de um dia ter pensado mal desse homem probo. Maldita GloboLixo que implanta ideias comunistas na nossa cabeça, como a China fazia com os *chips* misturados na vacina da Covid. Carluxo é nossa Red Pill.

O ator pornô do *Vivendas da Barra* colocou o congênere da Urach no chinelo: Maurinho Cid não foi comido, foi vandalizado, nenhum orifício foi poupado, acabou preso, vai pro barro do exército e será condenado. Ele é do tipo que prepara janta pro maridão que chega bêbado de madrugada cheirando a perfume barato, cheio de marca de batom, apanha, a polícia chega, leva Jairzão e, na manhã seguinte, Cidinho tá na frente da delegacia de penhoar azul, cheio de rolos nos cabelos, olho roxo, gritando histérico: "Solta meu macho, libera meu homem, ele não me bateu, eu caí na escada".

O *hacker* Walter Delgatti passou o rodo geral: encaçapou Carla Zambelli vestida de anta, empalou seu Jair fantasiado de golpistinha latino-americano e alisou as pregas dos generais a caráter de viúvas de 64.

Zambelli já havia defenestrado sem clemência seu Jair vestido de palhaço às vésperas da eleição, quando correu de arma na mão com seus seguranças atrás de um homem negro desarmado. Ela não é uma mulher, mas uma infiltrada do Deus-Civilização para destruir o fascismo bolsonarista, pois a escassez cognitiva dessa mulher não pode ser de geração espontânea.

Submeter alguém a um cruzeiro de 40 dias em alto-mar com os eleitores da Zambelli seria classificado como violação dos direitos humanos pela ONU.

O Walter Delgatti também fez o bate-estaca com Moro vestido de marreco. Disse que conhecia o conteúdo do celular do ex-juiz e o considerava um criminoso contumaz. Parecia o travesti assistindo seu passivo pagar de machinho na frente dos colegas da empresa, na festa de final de ano, com aquele sorriso maroto pensando: – Menos, Serginho, menos Serginho...

De verdade, o Marreco sonhava em ser possuído por seu Jair, aquele de quem ele tudo perdoa, nada é ruim o suficiente para merecer sua crítica. – Quem nunca comprou cento e poucos imóveis em dinheiro, esteve envolvido em rachadinha, milícia, desvio de vacinas, verbas da educação e roubo de joias, que atire a primeira pedra! E o Lula, e o PT. E o triplex? E o pedalinho do Sítio de Atibaia? Apaixone-se por alguém que olhe para você como Sérgio e a Rosângela Moro olham pro seu Jair.

E a vida pública e privada brasileira seguem nessa putaria.

Rodrigo Hilbert,
a encarnação do anticristo

Enquanto você está deitado de bruços na cama, vasculhando a mente para ver se encontra um feriado que lhe permita não ir trabalhar, com aquela cueca de elástico frouxo com um furo na nádega, que deixa passar uma bola, pensando se a feijoada com o resto de miojo de ontem cai bem como café da manhã pra não ter de buscar pão, indiferente ao cachorro raspando a porta com a pata há três horas atrás de comida, o Rodrigo Hilbert já acordou, deu aula em um projeto social de uma favela violenta, foi de ônibus até praia, nadou de sunga branca um *crawl* perfeito, ajudou a puxar a rede de pescadores artesanais, voltou pra casa a tempo de preparar o café da manhã da família, com pão feito de trigo orgânico cultivado por pastores cegos do Nepal, amassado cuidadosamente por suas mãos fortes, assado no forno que ele mesmo fez com barro tirado do serviço de resgate de que ele participou em Brumadinho e frutas orgânicas colhidas na horta.

Enquanto você finge dormir para que a esposa não lhe peça sexo e lhe faça vomitar o excesso de álcool do churrasco de domingo, o Rodrigo Hilbert conversa animadamente com sua esposa e filhos e, depois de despachar os fofinhos pra escola, no carro solar que ele mesmo inventou para zerar as emissões de CO_2, dá aquela piscada sacana de olho pra esposa, que sai correndo pro quarto com ele no encalço, naquele clima juvenil de começo de relação e, quando ele a imprensa na porta, os lábios se encontram naquela paixão desejosa, a razão dá lugar à carne, os corpos dançam freneticamente ao som de gritos primitivos, um vez, duas vezes, três vezes...

Enquanto você procura aquele aromatizante extraforte de pingar no vaso, tentando mitigar os efeitos daquela mistura de caipirinha, cerveja, feijoada, churrasco e Cebolitos, e sentado no trono segura a cabeça prometendo que nunca mais vai beber assim de novo, repetindo o mantra da semana passada, e retrasada, etc., o Rodrigo Hilbert, depois do amor selvagem, deixa a mulher dormindo naquela cama imaculadamente branca, que ele mesmo construiu de madeira recolhida na praia, sem fazer um barulho e se dirige ao banheiro pra evacuar e tomar sua ducha, deixando na sua saída um perfume de alfazema selvagem da Floresta Negra.

Enquanto sua esposa te chuta na cama pra levantar, dar comida pro cachorro e arrumar as crianças pro colégio, o Rodrigo Hilbert saiu nu do banho e beijou docemente a esposa dizendo: — Tá na hora de trabalhar, preguiçosinha. Depois, sentou-se na cama enquanto ela provava as roupas do dia, dizendo verdadeiramente interessado o que pensa de cada uma delas, a acompanhou até o carro, lhe entregou um pacote de linho com lanche que ele mesmo fez com legumes da horta e uma costela com pouca gordura assada lentamente na churrasqueira solar que ele fez nas últimas férias, e em que dentro há um bilhete escrito à mão: — Eu te Amo, Luz da minha vida.

Enquanto você só se lembra do ano novo por causa das propagandas no supermercado e a contagem regressiva da Globo, o Rodrigo Hilbert construiu uma capela com material sustentável nos fundos de casa para renovar os votos no aniversário de casamento, fez uma serenata surpresa com o Maroon 5 pra comemorar o dia em que se conheceram e plantou árvores de reflorestamento na Amazônia com o nome dela para comemorar a data da primeira comunhão da amada.

Enquanto você vasculha ofertas no iFood pra não ter de cozinhar, o Rodrigo Hilbert fez uma fogueira no pátio pra assar lentamente o bisão selvagem morto por eutanásia depois de ele diagnosticar uma doença incurável, aquele que morreu com a cabeça encostada na sua coxa musculosa, sorrindo e com uma lágrima de agradecimento no olho esquerdo, numa campina verde ao pôr do sol, e servirá a iguaria em uma tenda que ele montou no pátio com tecidos tramados por órfãos curdos.

Enquanto você compra um iPad no Mercado Livre pra não ter de ouvir a voz dos seus filhos quando chega do trabalho, o Rodrigo Hilbert vai buscá-los na escola em uma descolada bicicleta de três lugares, chega em casa e revisa a matéria dada durante o dia, estuda com eles, conversa olhando nos olhos pra saber dos seus medos e expectativas e depois os leva no pátio de olhos vendados pra conhecer a montanha-russa que ele fez com latinhas recolhidas na praia.

Enquanto você manda a mulher se tratar quando ela vem reclamar que você chega em casa e se enfurna nos xvideos, o Rodrigo Hilbert recebe a mulher no portão com um beijo apaixonado, pergunta se quer que ele lave o carro e pede para ela uns minutos para discutirem a relação depois de ela contar detalhadamente como foi seu dia.

Houve um terremoto no mundo masculino quando Rodrigo Hilbert nasceu, como um sinal da extinção da espécie como até então o mundo a conhecia, um salto evolutivo como Darwin jamais sonharia.

O Rodrigo Hilbert é encarnação do anticristo, veio ao mundo pra destruir a família tradicional, com sua beleza, masculinidade, fidelidade, habilidades manuais, artes culinárias, ou seja, empurrou a régua de exigência em um patamar inexequível, induzindo as esposas a fazerem cobranças desmedidas, abusivas e desarrazoadas.

Quantas separações podemos colocar na conta desse galego? Quantos homens deixaram de descascar laranja e tirar cera do ouvido com a unha cumprida do dedinho pra evitarem a crítica injusta de suas mulheres? O mundo está se tornando cada dia mais tóxico por causa dele, e logo teremos de lembrar de aniversários de casamento, dar rosas no aniversário e dizer eu te amo quando sairmos de casa.

Desvanecente existência

Nossa imagem viaja pelo planeta por WhatsApp, Skype, Teams.

Estamos o tempo todo em todos os lugares, encontramos nossos colegas de colégio no Facebook, temos fóruns nas redes sociais, somos lembrados dos aniversários.

Nossa imagem fluida conta nossa existência no Instagram, celebrando sucessos e felicidades. O pezinho do bebê postado é comemorado por conhecidos e estranhos, brindado com comentários carinhosos e acolhedores.

Foi-se o monopólio da mídia tradicional, nosso trabalho pode ser visto por todos e só depende da câmera de um celular.

O Twitter tornou famosas suas ideias guardadas por tanto tempo nos cantos da mente, que, assim como são defendidas por milhares de amigos que você nunca viu, também são destratadas nas mesmas condições. É a rede social do pertencimento: independente do quão esquisito você seja, porque ali até os esquisitos têm a sua tribo, língua e modo de ser.

O amor, que vinha das reuniões dançantes, nos chega por aplicativos, com fotos, descrições, filtros: – quero mulheres jovens, em forma, que não fumem e não tenham filhos. – Homens altos, não divorciados, com situação econômica definida...

Até escritores medíocres como eu têm espaço para seus textos.

Sentado no sofá, você encontra seu *crush*, revê seus amigos, expõe suas ideias, compartilha suas angústias e realizações (e ainda é lembrado dos aniversários...).

Mas algo deu errado: as pessoas não atingiram a felicidade, angústias se multiplicam, decepções se somam, enquanto a solidão povoa essa sociedade hiperconectada.

Nunca se esteve tão sozinho aos milhares; nunca tantas possibilidades trouxeram tantas carências. Na prateleira dos amores de aplicativo, liquidam-se solidões e frustrações.

O Instagram tortura as pessoas com belezas transbordantes, famílias perfeitas, casais fantásticos, sempre retratados em lugares maravilhosos, restaurantes bacanas e viagens dos sonhos; leva a vida *normal* para um patamar olímpico, inatingível e inviável. Do outro lado, pessoas gastam suas existências com roupas, cabelos, unhas e cenários para tirar aquela foto maravilhosa enquanto perdem o lugar maravilhoso em que estão, deixam de aproveitar a praia, beber, curtir os amigos. Nunca foi tão urgente conquistar a admiração de estranhos e conhecidos, estar na passarela etérea das redes sociais.

Mostrar felicidade independente de ser feliz, pois o prazer orgástico da aceitação das redes sociais é uma droga de efeito intenso e imediato, mas de curtíssima duração, fazendo com que o adicto queira mais e em maiores quantidades. Daí lá se vai o Sísifo sofrendo rolar a pedra pro cume seguinte: atinge o topo, faz a *self*, posta #MeSentindoAbençoado, e a pedra rola morro abaixo; e de novo lá vai ele sofrendo rolar a pedra até o cume seguinte, *self*, #NuncaFoiSorteSemprefoiDeus, e a pedra rola morro abaixo...

Você sabe o preço da diária do hotel da Anitta na Puglia, mas desconhece que sua mãe tem dormido chorando; sua foto com filtro do Instagram é mais familiar do que seu rosto no espelho; não importa comer comida fria quando o objetivo é enquadrar esplendorosamente o prato para ser postado, que afinal acabará sendo o verdadeiro alimento da sua alma social.

O exagero de fotos, vídeos e *posts* transformou sua alma num @, sequestrou suas paixões, compartimentou sua existência. Você não tem mais casamento, só fotos de beijos apaixonados no Instagram; nem família, apenas imagens natalinas brindando com seu *champagne* caro.

No fundo, a saudade das filas do colégio, das chamadas, das classes arrastando, do giz arranhando o quadro-negro; da tagarelice e risadas leves dos recreios, dos versos pra pular corda, da contagem regressiva do esconde-esconde; da campainha no final do período, do barulho dos passos apressados indo pra casa, das conversas rápidas nos corredores.

Querer ouvir a mãe gritando para acabar a briga pelas pontas do pão de quarto, as palmas no portão pra te chamar pra brincar na rua, as conversas na fila da merenda, resquícios de uma vida sem filtro, *glamour*, simplesmente vida.

Se foi o frio na barriga das passeatas, de ser preso, apanhar... Também desapareceu a adrenalina de panfletar, convencer transeuntes, expor suas ideias numa rua, num corredor de fábrica, colégio. Hoje sua exuberância política se desenrola no Twitter, essa estufa climatizada de ideias, segura, higienizada, controlada, onde você nem percebe que as bandeiras de lutas amiúde são carregadas por robôs e assessores parlamentares, os quais muitas vezes resumem a sua plateia cativa.

Então de repente você se dá conta de que daria o mundo para se desconectar de tudo e se conectar de novo.

Pedro de Lara lá, lá, lá, lá, lá

Domingo era um dia agitado em uma casa com 7 crianças. Além dos 2 filhos biológicos, ainda mais 5 adotados, 14 cachorros e 7 gatos. Acabei de notar que 7 era um número cabalístico lá em casa: 7 crianças, 14 cachorros (7+7) e 7 gatos.

O café começava cedo com a criança responsável indo no armazém do seu Zé pra comprar pão. A mãe tinha uma cartolina com o nome das crianças e as respectivas tarefas semanais (limpar cocô dos cachorros dentro de casa, limpar o pátio, lavar a louça, fazer a comida dos bichos, limpar os banheiros, etc., etc.). As tarefas eram tiras de papelão encaixadas na cartolina, de modo que na segunda-feira elas eram substituídas por outras, para ninguém se sentir prejudicado.

Normalmente vinham 2 pães de meio (pão francês de meio quilo), pois cacetinho (pão francês pequeno) era um luxo impossível numa casa com tanta gente. A primeira briga do dia: – eu quero a ponta do pão, eu quero a ponta do pão. A mãe dava 3 berros e aplicava a justiça do Talião, dando as pontas para os que não tinham participado do embate. Uma vez todas as crianças tinham brigado, então ela deu a ponta pros cachorros. A justiça materna era bem *sui generis* e didática. Uma vez reclamei que raramente tinha salame italiano no café e eu não aguentava mais margarina. A mãe, sem levantar a voz, me mandou no seu Zé comprar um quilo de salame. Achei que era meu dia de sorte. Quando voltei, ela me botou sentado num mochinho de madeira, do lado da casinha do Bará (entre outras tantas coisas, ela também foi batuqueira!), onde ela me enxergava da cozinha, e disse: – COME!. Achei o máximo até 200 gramas, quando perguntei se podia parar. A mãe tirou o chinelo, agitou no ar e repetiu: – COME. Com 500 gramas, começaram as ânsias de vômito, lancei um olhar de súplica e recebi um sorriso de canto de boca e ela balançando o chinelo no próprio pé: – COME, QUERIA SALAME, ENTÃO COME.

700 gramas, eu verde, o pessoal que tinha chegado pro almoço interveio e eu fui de castigo pro quarto, volta e meia indo no banheiro pra vomitar. Não comi salame por quase um ano, nem conseguia ouvir falar a palavra.

Nesses domingos, a casa sempre estava cheia, lá pelas 10h começavam a chegar os amigos da mãe, que nesta época já estava separada do pai. Eu ajudava a carregar os violões, gaitas, garrafões de vinho, caixas de cerveja e tudo mais a que o filho mais velho está sujeito pelas leis dos anos 80.

Uma vez fomos numa Kombi para um concurso de pandorgas em Livramento, na fronteira do Brasil com o Uruguai. Crianças, pandorgas, galinha com farinha e Fanta Laranja. Mas hoje não é sobre isso que vou escrever. Nessa viagem minha mãe conheceu um fornecedor que trazia *whisky* do Uruguai a preços camaradas. Então, nos domingos, sempre tinha a hora do *whisky*, um intervalo da cerveja e/ou do vinho, onde todos, em grande reverência, sorviam a bebida dos celtas enfeixando goles e elogios: – Faz diferença 20 anos; – o preço vale a qualidade; – no dia seguinte tu estás novo; – zero ressaca... Certa feita, ao tentar uma nova encomenda, a mãe foi comunicada que o tal fornecedor tinha sido preso, inclusive isso havia saído na *Zero Hora* (nosso jornal local). Procuramos e achamos a reportagem: o sujeito algemado em um banheiro e, ao fundo, uma banheira de louça com o "puro *brand* escocês" e garrafas vazias de rótulos diversos esperando envasamento. O assunto *whisky* foi arquivado na casa da mãe.

Dificilmente o almoço de domingo era churrasco; era muita gente, e com carne ficaria muito caro, então normalmente era carreteiro, massa, risoto ou arroz de puta. Arroz de puta, segundo o Dicionário da mãe da Língua Portuguesa, era um carreteiro feito com recheio de linguiça: pegava a linguiça, rasgava a tripa e misturava com o arroz. *Puta* era uma palavra meio coringa (curinga?) pra mãe, também utilizada para quando eu tentava vestir a roupa que recém tinha ganho: – Tu é filho de puta pobre que não pode ganhar uma coisa e não sair usando? Perdi as contas das roupas que não me serviam mais quando ia usar depois do adiamento provocado pelo medo da maldição da puta pobre. Hoje mesmo ainda tenho de superar essa barreira a cada roupa nova.

Antes do almoço já começava a cantoria; eu adorava ouvir Negue do Nelson Gonçalves, porque achava que minha voz grave (esquisita/desafinada) a interpretaria bem (ledo engano). Também tinha muita coisa em espanhol, samba, bolero, e por aí vai. Era violão, bumbo legüero, gaita. A trilha sonora da minha vida foi construída naqueles domingos fagueiros.

A mesa da sala era grande, mas por óbvio não comportava tanta gente; então a mãe estipulou que a comida começava com a Mesa dos Inocentes, ou seja, das crianças, que depois de almoçar eram convidadas gentilmente a vazar e ir brincar na rua pros adultos comerem.

No verão, depois do almoço, o pessoal mais velho ia pro pátio lagartear; uns tomavam café, outros seguiam bebendo. Nos invernos, todo mundo se aglomerava perto do fogão à lenha cheio de cascas de laranja secando nas abas, que eram usadas para facilitar o acendimento (não achava que ajudava, mas a mãe tinha posto isso na cabeça, então).

Uma vez de tarde começou uma briga de gatos no telhado, e a mãe gritou: – vai lá que tão matando. Eu, o rei do telhado da casa da Glória, em segundos estava em cima da casa atirando galhos no gato invasor. Havia muitos galhos em cima do telhado, porque o puxadinho da casa, que é onde ficávamos nos domingos, tinha sido feito em torno de uma árvore muito grande. Missão cumprida! Fui dar uma espiada do topo do mundo e, ao dar o próximo passo, o telhado afundou e caí de costas na sala. Sim, uma semana antes tinha caído um galho maior da tal árvore e deixado um buraco no telhado, que foi coberto provisoriamente com uma lâmina de telha. Eu não me lembrava disso e pisei exatamente ali. Engraçado que caí no meio dos adultos cantando. Com dificuldades pra falar, por ter batido com as costas no chão, murmurava que tinha pisado no prego, o que no telhado significa que você andou sobre as madeiras e não sobre os vãos. A tia Sandra, que já tinha tomado todas, me revirava procurando o tal prego, pois ela achou que eu tinha pisado nele, enquanto eu gemia sem conseguir falar que não era desse tipo de prego que eu estava falando. Se me lembro, me deram um chá (pqp, um chá!), não me levaram pro hospital, me deixaram repousando no sofá e voltaram pra cantoria. Máximas da mãe: – Se não der atenção à tragédia, ela vai embora.

A função recomeçava no meio da tarde com nova cantoria, mas, invariavelmente, era abortada de forma brusca quando o final do dia se aproximava. É como se todo o álcool que a mãe tinha bebido se evaporasse. Aquela que instantes antes era a cantora das multidões, se transformava num general alemão distribuindo ordens para todo canto: – Junta os copos, tira a mesa, lava essa louça, varre, passa pano, vai na venda... No final do dia tomávamos café para não sujar muitas coisas, ser rápido e não atrapalhar a programação. Porque na noite de domingo tinha o Show de Calouros, do Sílvio Santos.

Daí era todo mundo amontoado na sala da frente, crianças no chão ou cadeiras, mais velhos no sofá. O Programa do Sílvio Santos acontecia durante todo o domingo e o Show de Calouros era apenas um dos quadros; a propósito, era o quadro! Então começavam as propagandas do Tênis Montreal ("porque você é jovem"), Atroveran ("ai, ai, ai, como eu sofri, com uma cólica, quase morri, só vi que logo Atroveran tomei, a dor se foi, eu melhorei"), Pernambucanas ("não adianta bater, que eu não deixo você, nas casas Pernambucanas é que vou aquecer o meu lar").

Então voltava o programa: lá, lá, lá, lá, lá, lá, lá, lá... O **Sílvio Santos** lá, lá, lá, lá, lá, lá, lá, e lá, lá; **Pedro de Lara** lá, lá, lá, lá, lá, lá, e lá, lá; **Décio Piccinini** lá, lá, lá, lá, lá, lá, e lá, lá; **Aracy de Almeida** lá, lá, lá, lá, lá, lá, e lá, lá; **Sérgio Malandro** lá, lá, lá, lá, lá, lá, e lá, lá; **Elke Maravilha** lá, lá, lá, lá, lá, lá, e lá, lá; **Mara Maravilha** lá, lá, lá, lá, lá, lá, e lá, lá; **Wilza Carla** lá, lá, lá, lá, lá, lá, e lá, lá; e no final... E o **auditório** lá, lá, lá, lá, lá, lá, e lá, lá...

E começavam os calouros nos emocionando com suas músicas até serem interrompidos pela insuportável buzina da mal-amada da Aracy de Almeida, uma vilã odiada por todos, que sempre levava bronca do Sílvio. A mãe contava sempre que o Pedro de Lara tinha uma teoria de que as formigas iriam invadir o mundo, mas nunca perguntei de onde ela tinha tirado isso.

O silêncio na sala era sepulcral, só risadas e o lá, lá, lá do início eram permitidos. Quem desafiasse o estabelecido, recebia a visita do chinelo voador. Ninguém me contou, eu vi: uma vez a mãe chutou no vazio, o chinelo se desprendeu do pé, ela o segurou no ar e o arremessou na minha irmã, que estava atrás de mim. Ele passou pela minha franja, sem encostar no meu rosto, fez uma curva e deu na pleura da coitada. Ela ficou vermelha para chorar e a mãe só disse entre os dentes: "e.n.g.o.l.e o c.h.o.r.o s.e n.ã.o q.u.i.s.e.r. a.p.a.n.h.a.r m.a.i.s".

Vinha o Ary Toledo, Show do Gongo, Isto é Incrível e mais calouros...

E assim acabava mais um domingo naqueles longínquos anos 80.

Cancelaram Plutão

Mercúrio, Vênus, Terra, Marte, Júpiter, Saturno, Urano, Netuno e Plutão. Estes são (ou eram) os planetas do Sistema Solar. Musiquinha para decorar a ordem deles: "MINHA VÓ TEM MUITAS JOIAS, SÓ USA NO PESCOÇO". MINHA (Mercúrio), VÓ (Vênus), TEM (Terra), MUITAS (Marte), JOIAS (Júpiter), SÓ (Saturno), USA (Urano), NO (Netuno), PESCOÇO (Plutão).

Você decorou a ordem dos planetas. Você cantou a musiquinha. Você acertou a pergunta na prova. Daí vem um gaiato e saca fora Plutão do Sistema Solar. Na musiquinha, VOVÓ ficou sem pescoço. A explicação oficial da União Internacional da Astronomia (IAU): Plutão deixou de ser planeta porque seria incapaz de conduzir a sua própria órbita, dependendo de Netuno e outros celestes para realizar sua trajetória.

Bullshit! Alguém lembra o nome completo do namorado da Fátima Bernardes? Nem por isso ele perdeu o *status* de ser humano.

Plutão foi sempre uma subcelebridade: o último do sistema, anão, com pouco brilho, desdenhado por seus pares e os habitantes da Terra. Sempre foi motivo de risos quando seu nome era pronunciado, usado pra atingir a masculinidade dos colegas no recreio.

Enquanto Caetano dedilhava seu amor pela Terra ("Terra, terra, Por mais distante, O errante navegante, Quem jamais te esqueceria?"), Plutão seguia gelado, sem anéis, nem ETs, tampouco luz própria, aquele que ninguém se interessou em estudar.

Orson Welles não transmitiu o ataque dos plutonianos, aterrorizou os norte-americanos com uma invasão de marte naquele histórico programa de rádio. Marte, aliás, sempre foi o queridinho de Hollywood, com seus impagáveis marcianos invasores. E também da NASA, sempre interessada em descobrir vida no planeta vermelho. A 7.ª Arte só lembrou de Plutão pra dar o nome do cachorro paspalhão do Mickey.

A questão é o nome: a ciência não teria coragem de dizer que Netuno, o Deus dos Mares e Tempestades, giraria em torno de alguém chamado... Plutão... Aposto que nem testaram essa hipótese.

Plutão começou a deixar de ser planeta quando começaram essas nomenclaturas complexas pra definir sexualidades alternativas. Em tempos de Queer, Interssexual, Gênero Fluido, Todxs, etc., não existe mais lugar pra ele. Plutão é vulgar, remete a algo de 2.ª classe, inaceitável no mundo do politicamente correto, um tapa na cara dxs LGBTQIAP+. Se tivesse se repaginado, trocado o nome para Plutx, ou chamado uma entrevista com o Bial pra se assumir *gay*, não teria sido cancelado. Seria ainda um planeta, talvez uma estrela.

A discriminação reversa cancelou Plutão.

– Mas Plutão é irrelevante no Sistema Solar.

Ok, e a Sabrina Sato por acaso é um ícone da teledramaturgia brasileira? Não?! Mas participou do BBB, fez o Pânico e tem seu próprio programa de televisão: é uma E.S.T.R.E.L.A., mais do que um planeta.

Se Plutão tivesse batido boca com a Andressa Urach na Fazenda por causa da louça, ainda seria um planeta e, se bobeasse, contracenaria com a Jade Picón na novela das 8h e assistiria ao Carnaval carioca no Camarote da Brahma, cochichando intimidades com a Gisele Bündchen.

E Plutão na Sapucaí, em um figurino Clóvis Bornay, acenando do carro alegórico "Os Humilhados serão Exaltados", com povo cantando: – Valeu, Plutão, o grito forte de Antares, que correu serras, céus e mares, influenciando a translação? Os evangélicos reclamariam da referência bíblica, Léo Dias publicaria matéria picante sobre a sexualidade dele, e Gkay confirmaria a sua presença na Farofa do ano seguinte. B.A.F.Ô.N.I.C.O.

Plutão nasceu literalmente com o cu virado pra Lua; tinha tudo pro sucesso: vive viajando, não trabalha e tem um Netuno bancando sua trajetória. Mais de metade do Instagram se mantém com menos do que isso. A novinha vai pra Dubai com aquele tio que não tem o mesmo sobrenome, posta foto sozinha na mesa do restaurante e a #MeSentindoAbencoada e tem mais de 500 mil *likes*. O cara viaja o dia todo no espaço e nem tem Instagram?!?!?! Daí fica difícil defender. Se o sistema já é cruel, imagina o Sistema Solar?!?

– Nóóófffááá, que tanto pra um Planeta Anão?

Hipocritxs!

Joelma tem 1,52m e nunca tentaram encerrar a Calypso por causa disso. Então é o tamanho do pobre plutãozinho que vai definir se ele segue existindo? Entre a Calypso e Plutão, em quem você votaria para continuar existindo? Viram, a vida não é justa! Avassalador o silêncio dos justos com a discriminação infame de um planeta anão; o Sistema Solar renunciou à empatia. Cadê a Patrulha do Politicamente correto pra dizer "ninguém solta a mão de ninguém", cadê o Bonner e o "somos todos Planetas Anões", cadê a canção do Bono Vox???

Daí tiraram tudo dele. A única coisa que por milhões de anos ele soube fazer era ser planeta.

Restou pra Plutão se prostituir na Cinelândia ou, pior, trabalhar de assessor da Carla Zambelli.

UberBras:
seus problemas acabaram

O notável Luiz Marinho, Ministro do Trabalho petista, ameaçou colocar os Correios pra administrar o Uber caso a empresa deixasse o país depois da regulamentação. Apesar de não ser o dono do Uber, me senti ameaçado imaginando como seria a nova configuração do aplicativo de transporte.

Marinho sonha com a UberBras, Autarquia Federal subordinada à Empresa Brasileira de Correios e Telégrafos (ECT). A UberBras seria comandada por um Conselho de 32 Notáveis, com salários na faixa de R$ 60 mil mensais, preenchido por indicações políticas, que se reuniria uma vez por mês não necessariamente de forma presencial. Ganhando um pouco menos, tipo R$ 53 mil mensais, mas ainda com cargos de indicação política, 5 diretores, que receberiam auxílio moradia de R$ 20 mil por causa da necessidade de deslocamento para a sede da Autarquia em Brasília.

Seriam contratados por concurso público 8 mil servidores, com salários variando de R$ 6 a 18 mil, e indicados 4 mil Cargos de Confiança, todos para a área administrativa. Para dirigir o Uber, a UberBras contrataria 800 terceirizados de uma empresa de um Senador da base aliada do governo ganhando salário-mínimo.

O serviço de Uber também passaria por transformações. Você deverá comparecer a uma agência dos Correios para pegar o mapa da cidade em que você pretende se deslocar. No final da encadernação, você localiza no nome da rua que virá acompanhado da página, número e letra. Então você vai na página indicada, localiza o número no lado dela e a letra em cima. Pronto, achou o seu destino!

Então chegou a hora de acessar o aplicativo da UberBras desenvolvido pela equipe dos Correios. Primeiro preencha o cadastro com seu nome, endereço, filiação, CPF, RG, Certificado de Reservista, Título de Eleitor e número da caderneta de vacinação. Em até 72 horas você receberá um telegrama com seu número de inscrição na UberBras.

Com o número de inscrição, você deve juntar 4 fotos 3×4, cópia autenticada dos documentos citados e protocolar em uma agência dos Correios entre 8 e 11h30 de segunda a quinta.

No máximo em 10 dias úteis você receberá seu *login* e senha por carta comum para começar a usar o aplicativo da UberBras.

Borá passear!

Primeiro você deve informar os dados que já haviam sido informados, pois por enquanto a TI da UberBras ainda não conseguiu que os dados ficassem gravados depois que você sai do app. Feito isso, então é só colocar o número da página, letra e número da rua a que você pretende se deslocar. O app vai gerar um boleto com o custo da viagem, que pode ser pago em qualquer agência do BB ou da CEF.

Depois de pago o boleto, você deve acessar o app, informa seus dados pessoais (de novo!) e faz um *upload* do comprovante de pagamento. A UberBras tem até 48 horas para validar o documento. Nesse período constará no seu app "em processamento".

Validado o pagamento, o app vai indicar os horários disponíveis para sua viagem, já que agora, sendo os motoristas CLT, existe toda uma questão de respeito ao descanso noturno, intervalo para almoço, lanches e jantar, sem contar a ginástica laboral. Você deve estar no local marcado 2 horas antes da partida, ciente de que a viagem poderá atrasar até 60 minutos.

É facílimo reconhecer o UberBras, pois ele sempre estará puxando um banheiro químico no reboque, já que agora é direito do motorista ter acesso a seu próprio sanitário durante o expediente.

Nunca esqueça sua carteira de motorista, já que, na UberBras, a motorista que parir, depois da licença maternidade de 12 meses, tem o direito de levar seu filho na viagem pra amamentá-lo como manda a boa medicina, hipótese em que você deverá conduzir o automóvel até o destino.

O Sindicato da UberBras já planeja ingressar com uma ação na Justiça do Trabalho pedindo equiparação com os servidores da Justiça, de modo que os motoristas possam trabalhar remotamente, então nesse caso depois de fazer os procedimentos já expostos, você dirigirá seu próprio automóvel em uma videochamada com o motorista designado.

Nunca esqueça também de levar o mapa e/ou gps, já que com o programa Mais Uber os motoristas cubanos têm dificuldades de se localizar em terras brasileiras. A propósito, às vezes o motorista cubano para o carro na frente do Itamaraty e desce correndo para pedir asilo, daí você terá de prosseguir a viagem por conta própria. Nem preciso dizer que o programa vem sendo bombardeado pela mídia fascista com o esdrúxulo argumento de que o governo brasileiro paga R$ 12 mil mensais para o governo cubano, que repassa apenas R$ 400 para o motorista, além de manter a família do condutor em cárcere privado, para evitar que ele não volte à ilha.

Obrigado, governo brasileiro, por nos devolver a dignidade.

Brasil em cima de todos, Deus tenha piedade de nós.

A história recente da punheta

As mulheres são melhores que os homens em tratar com deferência o prazer do seu órgão genital. Muitos livros, revistas e programas abordando o assunto, contando essa evolução, esclarecendo dúvidas e acabando com os medos.

Mas não basta simplesmente a supremacia; as mulheres nos outorgam a pecha de ignorantes sobre o *playground* delas, nos humilham em publicações nas redes sociais com acusações do tipo "não me fazia gozar" ou "se cruzar com meu clitóris na rua não o reconhece".

Mapa do Prazer da Vagina, Glossário Íntimo, Sexo e Prazer: o que você sabe sobre o Clitóris, Viva a Vulva; entender o órgão feminino é o primeiro passo para o prazer, A Pelve e o Prazer Sexual, Como Estimular o Clitóris e Tocar a Vagina (Dicas), são algumas das miríades de publicações que você obtém ao pesquisar no Google *vagina e o prazer*.

Já se a pesquisa for *punheta*, aparecem *xvideos, pornohub, xhamster. com, redtube.com.br, pornocarioca.com* e outras coisas do gênero que, ao mesmo tempo que têm tudo a ver, também resumem a vulgarização e o menosprezo com que a sociedade trata o prazer do *Reginaldinho*.

É a rolofobia!

O clitóris é uma divindade instalada no Olimpo Virilhal, cantado em versos e prosas, preferido dos livros, revistas, estudos, cinema, pesquisas e publicações. No teatro, *Se meu Ponto G Falasse*, jamais *Grande Bobão, Pequeno Brincalhão*. Nem o cérebro humano mereceu tanta atenção. Reginaldinho é um vagabundo que tem de se contentar em brincar de estica/encolhe no *playgound* do xvideos...

E se não é pelo xvideos, Reginaldinho só é lembrado em propaganda do Boston Medical Group: você acorda bem-disposto, transbordando energia, liga a televisão para ver as notícias, e lá está um senhor idoso, de jaleco branco, ar professoral, vaticinando: – sete em cada dez adultos terão problemas de ereção. O pior: ele parece falar diretamente contigo, olhando dentro dos teus olhos. Como essa sensação ruim não pode ser real, você rola e para do outro lado da cama. Pasmem: parece que o apresentador virou a cabeça para continuar te olhando dentro do olho! Não adianta gritar: – Eu não sou broxa, pois o recado é claro: – não é broxa hoje, amigão! E amanhã?

Quem nos botou nessa enrascada foi o Freud e a tal Inveja do Pênis: começava a competição.

Karen Horney deu o primeiro soco no queixo do pai da psicanálise: é o macho que tem "Inveja do Útero" e faz de tudo para ser bem-sucedido na vida para compensar essa falha. Beauvoir entrou na sequência desancando o vienense ao dizer que a boneca não era representação do falo, mas a promessa do bebê que se tornará algo mais precioso que o pênis.

O que o Reginaldinho tem a ver com esse barraco psicanalítico? Ele só quer ser bem tratado, receber a consideração dispensada à vagina.

As mulheres nem imaginam tudo que já passou o Reginaldinho...

Como esquecer a cena da entrada do colégio, olhos nervosos esperando aquele amigo descolado que levava a *Playboy* na mochila, aquele círculo se formando para ver aquela moita de pelos da Cláudia Ohana que podia abrigar uma família de ursos no inverno. Sempre um vigiava, pois olhar xereca podia levar à expulsão da escola; éramos revolucionários desbravando as matas cerradas da Cláudia Ohana. Tocava o sino, ajeitávamos o Reginaldinho, ou o escondíamos atrás da mochila, e íamos para a sala de aula com aquela imagem colada na cabeça.

Mas, galo mesmo era o colega que levava a revista em quadrinho de sacanagem. Normalmente eram do tamanho de um gibi: Cine Sex, Star Sexy, Fantasy, One Star... A estória era bem complexa: uma cara com um bigode anos 80 batia na porta; a mulher atendia em roupas sumárias; ele dizia que tinha uma encomenda; ela o convidava para entrar; ela tocava seu Reginaldinho; ele beijava seu mamilo intumescido; a felação começava; depois a penetração; e, no final, o orgasmo. Era só trocar o cara da entrega pelo vizinho pedindo açúcar, carteiro, bombeiro ou policial procurando bandidos, que a continuação era sempre a mesma.

Daí vieram os videocassetes, as videolocadoras, os pornôs que antes só passavam naquele cinema de +18 anos. Nunca a tecnologia proporcionou tanta felicidade para um adolescente em busca de experiências. Lembro como se fosse hoje: 14 anos, saímos do Colégio Júlio de Castilhos, na Avenida João Pessoa, íamos caminhando até o centro, percorríamos a Avenida Salgado Filho, descíamos na Rua Doutor Flores, dobrávamos na Rua General Vitorino, entrávamos numa galeria que no final tinha uma videolocadora.

Normalmente eram uns cinco, seis adolescentes. Só eu entrava, para não chamar atenção. Cumprimentava de modo formal o atendente. E ia para a prateleira próxima aos pornôs, para não chamar atenção. Pegava um filme *cult* e fingia ler a sinopse enquanto meus olhos procuravam um pornô de nome mais ou menos normal que pudesse passar meio despercebido na locação. Hoje sei que o atendente sabia que eu ia pegar pornô e ele iria locar sem perguntas. Se somar os minutos gastos naquela *misancene* inútil, tinha estudado e me formado em língua russa. No final, aguardava esvaziar a videolocadora e chegava no balcão com o pornô entre outros filmes normais tentando parecer mais velho. O olhar blasé que até hoje me acompanha foi forjado naquele balcão de videolocadora. Fico com os olhos marejados lembrando quando loquei *Please, Mr. Postman*: que atrizes, que texto, que cenário! A saída da locadora com a sacola e o pornô era a consagração; olhava com desdém pros colegas que me aguardavam, olhar entediado tipo *it's my life*.

Então pegávamos o ônibus Cruzeiro do Sul para ir pra minha casa, no bairro Cristal. Colocávamos o pornô pra rodar no videocassete e assistíamos extasiados a sétima arte. Todos virgens com olhares de profundos conhecedores do sexo selvagem. Tinha o Celso que pegava o cabo do aspirador para acalmar os Reginaldinhos salientes com pancadas na virilha.

Como o videocassete ficava na minha casa, eu tinha o privilégio de ter aquela sessão privativa quando todos saíam. Era tanta emoção, que eu escolhia os melhores trechos para ter aquele momento pessoal.

Nessa altura, eu também tinha descoberto o esconderijo das revistas de mulher pelada que o pai guardava. Como esquecer os Contos

Erótica no final da revista *Ele e Ela*: "Clarice segurou o mastro rijo de Eduardo, que não se fez de rogado e avançou sobre os mamilos rosados dela"... Tive certeza do gosto pela leitura nos contos eróticos da *Ele e Ela*, pois podia imaginar a cena e os personagens; era mais excitante que os vídeos.

Daí você deixa de ser virgem, começa a trepar, e todo esse passado glamouroso vai se apagando como uma foto antiga...

Os anos passam, a *Playboy* fecha, as revistinhas desaparecem, acabam as próprias bancas de jornal que as vendiam, e o sexo está disponível 24 horas na Internet.

Daí você olha o passado como um colonizador, o cara que fez sua cabana de toras no que viria a ser Nova York, desdenhoso dessas novas gerações que se vangloriam de encontrar anões albinos transando com esquilos numa torta gigante de framboesa com uma mera pesquisa no Google. Soubessem esses moços dos riscos das primeiras revistas, da locação de filmes pornôs, da subtração silenciosa de revistas de mulher pelada da coleção do pai...

Mas nada disso comove o *mainstream* e sua obsessão pelo órgão genital feminino.

Quanto poderíamos aprender se houvesse o mínimo respeito pelos Reginaldinhos! Imaginem o mundo de opções se vencêssemos a rolofobia: "Curso: como colocar a coxa sobre o braço para a mão ficar dormente, você fechar os olhos e imaginar que outra pessoa está socando uma pra você?"; "Shampoo, Creme Rinse ou KY: pesquisa mostra o melhor no 5 contra 1".

Mas não, a majestade do clitóris impedirá que meros Reginaldinhos possam brilhar na sua passarela. Olho nos olhos da minha geração e digo: – Perdemos!

Geração Ozempic

— Meu nome é Antony, eu tenho 52 anos, e sou adicto em Ozempic!
— Boa noite, Antony.
— Não sei como cheguei até aqui, nasci magro, muito magro, e assim permaneci na adolescência. Aos 15 anos comprei uma calça *baggy* no *shopping* João Pessoa, perto do meu colégio, em Porto Alegre. Por causa das minhas pernas finas, elas pareciam uma bombacha dançando no vento. Tive a genial ideia de colocar dois abrigos por baixo e, apesar do calor, me sentia confortavelmente coxudo. Eu morava um pouco longe da escola, somente com meu pai, que trabalhava no centro, então eu almoçava no *buffet* livre na frente da parada de ônibus do colégio, ao lado do Instituto de Identificação da Polícia Civil, na Avenida João Pessoa. Comia muito, era meio frango com pele atravessado sobre aquela montanha de massa, com direito a uma repetição sem carne. Pra beber, Coca-Cola ou Fanta Laranja.
— Às vezes eu ia no Zaffari da Ipiranga, que ficava perto da casa da minha amiga Patrícia, que também estudava no Julinho, e comia no restaurante do mezanino invariavelmente o espetinho misto: dois espetos com carne de gado, *bacon*, porco, tomate e linguiça cercados de batata frita, arroz e farofa. Com ele caía bem uma Coca-Cola de meio litro. E a barriga chapada continuava lá!
— Um dia tinha ido no dentista, que também ficava perto da casa da Patrícia, e logo em seguida fui caminhando até o Zaffari. Era inverno, estava com uma jaqueta de *nylon* azul, que vestia que nem blusão, sem zíper, e pedi o de sempre: espetinho misto e uma Coca-Cola grande. Você pagava no caixa, pegava a nota fiscal e aguardava na lateral. Peguei a Coca, encostei no balcão e passei a procurar uma mesa com os olhos. Fiquei com a impressão de que as pessoas estavam rindo de mim, mas logo tirei aquilo da cabeça, porque não fazia sentido. De repente comecei a sentir as calças molhadas como se ti-

vesse me mijado; então olhei pra baixo e vi que estava em um lago de Coca-Cola, pois minha boca anestesiada fazia eu me babar após cada gole do refrigerante. Nessa altura, não era apenas o restaurante que ria de mim; até o pessoal da cozinha tinha interrompido o trabalho para participar. Tentei rir junto pra esconder meu constrangimento, peguei minha bandeja com o que tinha sobrado da minha dignidade e fui comer em uma mesa de pouca visibilidade. Magoado, mas magro, muito magro...

– Comecei a faculdade de Engenharia na PUC, que não era perto da casa da Patrícia. Como as aulas eram de manhã e de tarde, eu almoçava no RU. Lembro como se fosse hoje: magro, cabeludo, sorridente, pegando aquele bandejão de metal com vários compartimentos, entrando em uma fila, entregando o papelzinho de pagamento e ficando de cara com quatro serventes de olhar raivoso. Ofereci-lhes um bom dia efusivo e recebi – além do desprezo – uma colherada gigante de arroz; um passo ao lado e a senhora me atira uma conchada de feijão com a fúria de uma herege e, na hora, eu antevi meu rosto desfigurado, perda de 50% da visão, e um grão de feijão perene no meio da testa como um bindi indiano, mas eis que todo aquele caldo fervente encosta no compartimento da bandeja próximo à minha barriga, desliza como um tsunâmi até a borda e, antes da tragédia, inflete na direção de chegada em forma de onda, formando um tubo perfeito; no fim, caí sobre si mesmo, formando um plácido lago negro. Em êxtase, recebo a almôndega e a salada nos seus respectivos cercadinhos da bandeja e me dirijo às mesas coletivas para fazer minha refeição. Nas mesas, jarras de plástico com água gelada da bica. Uma semana depois, já chegava no RU com a soberba dos veteranos, rosnava pras tias, que rosnavam pra mim (agora com uma ponta invisível de sorriso); fazia um olhar blasê quando o feijão era lançado, maldizia a qualidade da carne e ia me sentar no fundo para olhar o movimento, mesmo assim magro.

– Quando comecei a Faculdade de Direito ainda era magro e almoçava no centro, perto do escritório de advocacia onde fazia estágio, no restaurante Sabor Latino, na Travessa Leonardo Truda. Os estagiários apelidaram carinhosamente o restaurante de Cachorro Latindo. O sistema era de *buffet*, mas eram os funcionários que serviam. O bife à milanesa era tão grande que as bordas ficavam para fora do prato e, pela quantidade de arroz que eles colocavam, eu ficava imaginando se aquele pessoal não teria passado fome em uma ilha deserta. Para coroar, um ovo frito. A salada você podia temperar com óleo de soja e vinagre. Seguia fiel à Coca-Cola.

– O estágio era no prédio anexo à Galeria Di Primo Beck, na Rua dos Andradas ou simplesmente Rua da Praia. Diziam que, antes do aterro, o Lago Guaíba ia até lá, por isso o nome. Não era nascido para dizer se era verdade. Ao lado do prédio, na esquina da Rua da Praia com a Rua da Ladeira, eu traçava um pastel com meio ovo dentro de lanchinho da tarde. A lancheria fechou e houve uma fofoca que usavam carne de rato no pastel, o que achei meio fantasioso, pelo movimento do lugar e a quantidade limitada de ratos na região. Mas tudo bem, já tinha tirado a carteira de estagiário da OAB e a minha bolsa tinha melhorado, então podia me dar ao luxo de comer o Xis Bacon do Rib's, que ficava simplesmente na outra esquina da Rua da Praia com a Rua da Ladeira. – Ó felicidade, não te reconheci quando estavas diante de mim! A mostarda do Rib's era e continua sendo uma lenda em Porto Alegre, tanto que o Rib's fechou (Deus o tenha!), e a mostarda continua sendo vendida no Zaffari. E eu seguia magro.

– Saía do estágio e ia para a Faculdade de Direito na mesma PUC de antes, e chegando lá, passava na lancheria do prédio 9 e pegava uma Pastelina e um café no copo de plástico e subia para a aula. Minha relação com esse salgadinho foi tão intensa durante a faculdade que, na formatura, a turma gritava Pastelina quando entrei no auditório. No recreio, tomava uma Coca e um salgado. Lá pelas 22h30 saía da Faculdade rumo ao apartamento do meu pai, no prédio Margarida, na Rua da República, na Cidade Baixa. Pegava meu Monza Hatch azul e seguia pela Avenida Ipiranga. Na esquina da Ipiranga com a Santana, passando um pouco, o Planetário, havia três *trailers* de XIS e espetinho. Eu era fiel ao Churrasquinho do Bigode. Estacionava o carro em cima da calçada, que formava um *boulevard* naquele ponto. Pedia impreterivelmente o Ka-Churrasco de Xixo e uma cerveja Antarctica de garrafa. Bigode pegava o cacetinho atravessado por dois espetos de madeira, mergulhava ele rapidamente em um balde com uma mistura de água, sal e vinagre, e colocava ele na churrasqueira para dar uma tostada enquanto o Espetinho de Xixo ficava pronto. Depois sacava o pão, abria, colocava maionese, cebola crua e tomate e, nesse ninho, depositava o espetinho apertando a ponta do pão e puxando virilmente o espeto para liberar a carne. Então o Bigode perguntava: – pimenta e molho de alho? E eu respondia: – Só alho e pra viagem. Então ia pra casa com aquele K-Churrasco despejando cheiros maravilhosos no carro pra servir de janta. Às vezes era Xis, outras *pizza*, e o café da manhã era invariavelmente os restos da janta ou um cachorro-quente no centro. Apesar da exuberante rotina gastronômica, continuava magro que nem pau-de-virar-tripa.

– Daí a formatura, o trabalho, o primeiro juntar os trapos, e aquela magreza persistente... Lá pelos 30 anos, Deus desativou minha bênção, então primeiro foram as bochechas que aumentaram e, depois, discreta, mas irrefreavelmente, a barriga começou despontar.

– Como aos 30 anos a empáfia da juventude ainda apita, eu não dava muita bola para aqueles quilinhos indesejáveis, pois, afinal, era fechar um pouco a boca, diminuir a cerveja e, em uma semana, estaria tudo resolvido. Dieta? Começo segunda-feira. A segunda nunca chegava, já que, afinal, eu estava tentando ganhar a vida.

– Daí vem a primeira separação de trapos e o encontro incômodo com o espelho, a chupada de barriga para a foto e o repertório de piadas que no fundo tendiam dar um ar cômico à gordura: "calo sexual"; "tá ganhando dinheiro"; "estou em forma (oval)"; "deixa minha bordinha de catupiry"...

– Mas para aquele jovem adulto que procurava perpetuar a espécie no serviço de namoro do *Almas Gêmeas* no Terra, o antepassado dos Tinders e Happns, o assunto finalmente era prioridade. Então foram as pílulas de casca de camarão cubana, apresentadas na televisão por aquele casal de jaleco branco, que explicavam como as fibras do crustáceo envolveriam a gordura para impedir que ela fosse absorvida no intestino e acabasse eliminada *in natura* quando você fosse levar o amigo-do-interior-pro-rio. Não deu certo! Bem que o rosto do casal de jaleco me era familiar de algum pornô nacional.

– Resolvi ir na nutricionista para voltar aos velhos tempos. Procurei no convênio uma médica, porque tinha certo constrangimento ir consultar um homem, já que o assunto ainda me parecia frescura. Consegui uma consulta na rua paralela à Avenida 24 de Outubro, que desemboca na Rua Silva Jardim. Atendimento expresso de convênio: depois de uma pesagem e meia dúzia de perguntas, a profissional saca da gaveta uma folha com as refeições que eu devia fazer. Chorava por dentro quando li sobre as duas colheres de arroz. Aquilo não podia sustentar um homem de 1,83m! Em 48 horas o regime estava sepultado.

– E o tempo foi passando, a barriga aumentando, até que conheci o Ozempic! Era final de tarde, o tempo estava agradável, eu caminhava ensimesmado pela praia chutando as ondinhas, quando olhei pra frente e me deparei com o Ozempic. O mundo ficou congelado por alguns segundos que pareceram horas. Senti aquele aperto na barriga das paixões adolescentes e, sem me dar conta, comecei a correr em câmera lenta, em meio ao gelo seco, até ele, o abracei e caímos no mar rolando ao sabor das ondas... OK, licença poética, mas foi bem legal o encontro.

– Então tudo começou como uma brincadeira: 0,25mg, uma vez por semana, aplicado por injeção na barriga. Pra minha sorte, a agulha é bem pequena, já que uma vez quase desmaiei no Laboratório Weinmann quando fui tirar sangue. Aquele acesso parou de encher os tubinhos e a enfermeira tirou da gaveta uma injeção de temperar peru no Natal, onde tranquilamente cabiam dois litros e, com olhar psicopata, me disse que ia ter de puxar o sangue... Pedi para beber água e fui rolando na parede até o bebedor vendo bolas pretas no ar. Voltei, e a maldita ainda perguntou irônica: – Tá com medo? E eu respondi: – Não, tô com sede! E rosnei com cara de valente: – Pode tirar o sangue!

– Quando passei o Oze para 0,5mg vieram alguns enjoos, mas, afinal, nenhuma relação é perfeita. Além disso, meu Tudão já tinha feito eu perder três quilos!!! Passei a escolher a mesa perto do banheiro para se tivesse de chamar-o-hugo no meio da refeição. Era tudo muito rápido! Uma vez no Galeão, no Rio, estava almoçando e o semáforo foi pro amarelo; então me levantei, procurei desesperado o banheiro, e nada. Comecei a correr e, quando vi uma plaquinha sinalizando um banheiro feminino, com o hugo já forçando a porta, na crença de que teria um masculino do lado, entrei no corredor derrapando: era só o feminino mesmo. Então golfei em forma de meia-lua na parede algo que de longe poderia ser confundido com arte abstrata.

– Depois fui me acostumando com o Danadinho, passei para 0,75mg, depois 1mg, e voltei aos tempos de colégio com meio século de existência. Comprei uma sunga branca na C&A, uma meia soquete pra dar volume na Netshoes e fui caminhar na praia de Capão da Canoa ouvindo o vento assoviar nos gominhos do meu abdômen negativo.

– Só sei que não vivo mais sem ele. Outro dia fui na farmácia e o cara me disse que o Oze estava em falta. Falou em voz baixa e tom confessional que tinha gente o usando pra emagrecer, apesar de ser para diabetes. Por um segundo eu me descontrolei, arranquei ele detrás do balcão pela gola gritando: – Mentiroso, me dá meu Ozempic, danem-se os diabéticos... Logo voltei ao normal e saí com meu corpo de Apolo farmácia afora. Então vaguei de farmácia em farmácia, já com as mãos trêmulas, suando, cheguei a pensar em oferecer meu corpo perfeito em troca de uma dose, mas, antes disso, consegui uma caneta do Oze na Droga Raia da Rua Casemiro de Abreu, junto ao posto de gasolina.

– Ontem me peguei chorando no banho enquanto lavava minhas cuecas no tanquinho do meu abdômen, imaginando que aquela caneta iria acabar. Tenho medo de fazer uma besteira. De qualquer jeito, comecei bronzeamento artificial pra se tiver de usar meu corpo em uma negociação de Oze.

– Será que tem cura?

Nessa altura, todos se levantaram das cadeiras chorando copiosamente e fui cercado por aqueles corpos esculpidos por Michelangelo de abdomens negativos. Recebi calorosos abraços de braços torneados e ouvi: – Estamos com você, Antony, estamos com você, Antony.

Politicamente correto

Se a gourmetização parasse no Xis, já seria uma tragédia para a civilização, mas ela avançou sobre a moral e a ética para criar o Politicamente Correto e o Cancelamento. O 1.º tornou-se instrumento de manipulação com suas verdades rasteiras e o 2.º, o exterminador de quem se opuser ao 1.º.

Enquanto a mamãe bate a sopa no liquidificador para o bebê desdentado, o Politicamente Correto tritura a ética socrática, universalidade, imperativo categórico, para o adulto preguiçoso ter um modo de vida virtuoso.

Ética é perplexidade, sensação de ignorância, perdimento, enquanto o Politicamente Correto (PC), onde um pinto passa com água nos calcanhares, é uma cornucópia de certezas, vaidades e epifanias.

O PC é o atalho dos livros chatos, das questões complexas, do entendimento holístico. É abrigo, pertencimento, lugar de encontro, segurança. Compartilhando as ideias padrões validadas, você traça a fronteira entre as pessoas de bem e os mal-intencionados, os justos e os celerados...

Na Torre de Babel do Politicamente Correto, há todo o tipo de línguas, mas isso não compromete a compreensão, já que todos no fim falam a mesma coisa, tudo se resume a exaltar e perolar as certezas compartilhadas, engraxar e lustrar o sapato do pobre pra ver sua imagem bem-intencionada.

Daí desdobram o LGBTQIAP+ em tantos gêneros que, se fosse exigido um banheiro para cada um, ia faltar lugar pro campo nos estádios de futebol, enquanto a essencialidade da proteção dessas minorias de obter respeito, incolumidade física, felicidade e trabalho acabam na fila. O debate sobre o barbudo de saia frequentar banheiros de meninas é o carvão da locomotiva da extrema direita que impulsiona preconceito, violência e discriminação. O fato isolado, talvez um problema mental, deixa de ser a árvore e se torna a floresta, dá-se relevância ao irrelevante e, de uma hora pra outra, isso conduz o debate do Politicamente Correto.

– Temos que conservar a natureza, afinal nossa vida depende dela, então devemos manter a floresta em pé, diz a consciente oradora sobre aquele tablado de madeira. Debater exploração de petróleo na foz do Rio Amazonas já descamba pra exploração comercial do nosso patrimônio ecológico, submetendo-se ao grande capital. Claro, só escapa aos bem-intencionados os milhares de *royalties* e empregos que a atividade econômica geraria e, aliado a isso, a pouca disposição pro trabalho também não incentiva um debate sério para exploração sustentável, que demandaria estudos, análises e aprofundamento.

Todos se julgam pais e mães do PC, pois ele representa o pensamento superior, a compreensão bem-acabada, uma ética revisitada a nortear a moral do homem pós-moderno.

Nessa consciência paternal, poucos se dão conta de que receberam a pauta pronta, que estão sendo manipulados, que, se fizerem o DNA, certamente não serão os pais da criança.

O Politicamente Correto é o golpe perfeito. É como se você ligasse para o estelionatário para passar seus dados bancários; pegasse o sequestrador em casa para sacar dinheiro em caixas 24 horas; chamasse o presidiário para pagar o resgate da filha que você não tem. Botaram na sua cabeça que a ideia é sua. Mais do que isso: a ideia é boa e indiscutível.

E por aí um é abonado quando manda Pelotas exportar veados e/ou diz que mulher valorosa tem o grelo duro, enquanto o outro é empalado vivo ao explicar a filha por uma fraquejada e/ou fazer piada com dar o *furo*. Ao mesmo tempo em que defensores da democracia praguejam contra os USA, se recusam a admoestar Cuba, Nicarágua e Venezuela. Por aqui, incansáveis defensores dos trabalhadores esfolam pequenos empresários, esticando direitos trabalhistas, enquanto pra China sobram explicações para seu modo peculiar de tratar os operários...

Aqui entra o pertencimento à confraria dos justos, pois, entre iguais, o deslize é apenas como um deslize, enquanto, para os diferentes, é a confirmação do lamentável caráter e péssimas intenções.

No Ministério da Verdade do Politicamente Correto, crianças vietnamitas trabalham 14 horas/dia, 7 dias por semana, construindo as verdades perfeitas sobre as relações trabalhistas, etarismo, *bullying*, gênero, democracia, direitos humanos... Fornalhas de carvão vegetal geram a energia para produzir o material sobre meio ambiente, enquanto inspetores dão choques nos operários preguiçosos do setor de assédio no trabalho.

Na área de visitantes, bem longe da produção das ideias bem-intencionadas, monges palestram sobre o amor ao próximo em um auditório de garrafas *pets* recicladas, construído por angolanos atingidos por minas terrestres.

No começo o PC era usado em frase de *miss*: – Quero agradecer a Deus, minha mãe, meu pai, toda a equipe que me trouxe até aqui, e dizer que a humildade é a verdadeira beleza, e que essa taça de *champagne* não me faz esquecer aqueles, aquelas e *aquelx* que, neste momento, estão morando embaixo de um viaduto. Um missólogo deve ter importado o modelo pro *mainstream* da intelectualidade atual.

Daí repetir duas ou três platitudes sobre meio ambiente, direitos humanos e etarismo pra ouvir o mundo dizer: – Eu te absolvo, não precisa fazer mais nada, posa virtuoso no Insta e toma a faixa de *miss lacradorx*!

Na metafísica do Politicamente Correto, as obviedades são o passaporte pro paraíso independente das suas ações e, principalmente, das suas omissões. Dá ainda o direito a uma pulseira *fura-fila* e – quando você descer do veleiro de ouro do Caronte puxado por cisnes brancos albinos –, Cristo, Buda, Ogum e Maomé estarão esperando você com uma Veuve Clicquot. Dândis lançarão pétalas das suas torres de marfim pra comemorar sua chegada, enquanto Martin Luther King, na fila comum, espera para entrar no céu (quem mandou não lacrar!).

Às vezes as consciências não cabem no apertado mundo das verdades perfeitas, mas basta podar daqui, deixar de pensar dali, que, em pouco tempo, você terá encolhido o suficiente para dançar em cima daquele rádio de válvulas, segurando uma tampa de pasta de dente com *champagne*, saltando como uma perereca quando o troço começar a esquentar (adorável imagem do saudoso Charles Bukowski).

– Não quer encolher? Nem beber em tampa de pasta de dente? Nem queimar o pezinho no rádio de válvula?

Hahahahahaha.

Então vai conversar com o Cancelamento, Alecrim Dourado...

Rambo era boina verde, o Cancelamento boina preta. Acima do boina verde, o boina preta. Acima do boina preta, Deus, quem sabe...

O Cancelamento está para o Politicamente Correto como os Jesuítas estão para a Igreja Católica; o jagunço, pro patrão latifundiário.

É que nada que mereça referência habita para além das bordas da terra plana do Politicamente Correto; só há bárbaros além dos limites desse império romano. Aos bárbaros a misericórdia da conversão ou a espada implacável do Cancelamento.

A conversão é simples: desenvolva uma ideia óbvia, tipo confessionário de BBB em paredão, daqueles que arrancam palmas de auditórios, sem se arriscar em pensamentos complexos, ou interpretações próprias, coloca uma #MeSentindoAbencoado e posta no Instagram. Pronto, agora *vocx é benvindx*!

Todx

Todx os dias quando acordo
Não tenho mais
O tempo que passou
Mas tenho muito tempo
Temos *todx* o tempo do mundo

São Paulo, SP, Rosewood Hotel, março de 2023, "Ambição 2030". Palestrantes: Fernando Haddad, Aloisio Mercadante, Marina Silva, entre outros. O Pacto Global da ONU deveria ser um marco na contagem regressiva para implementação empresarial das questões ligadas aos Objetivos de Desenvolvimento Sustentável (ODS) em oito movimentos: Mente em Foco, Raça é Prioridade, Elas Lideram 2030, Ambição NetZero, +Água, Salário Digno, Transparência 100% e Conexão Circular.

Os personagens mais notáveis tiveram outros compromissos e não puderam estar presentes no Ambição 2030. Me lembrou um episódio em Capão da Canoa, RS, uns 20, 30 anos atrás, em que o Chiclete com Banana ia se apresentar em um trio elétrico na frente do Baronda[1]. O trio estava lá, eu estava lá, meu isopor de Skol estava lá (Heineken ainda era um sonho distante!), e o *playback* rolando aquela Baianidade Nagô no aquece. Passadas duas horas do horário previsto para o evento, o apresentador regional comunicou que o Chiclete com Banana teve um problema e não compareceria, mas, em compensação, Ana Paula de Terra de Areia[2] animaria a festa com seus teclados. As latas e garrafas começaram a voar, o trio elétrico foi abrin-

---

[1] Bar/Restaurante localizado no litoral gaúcho na cidade de Capão da Canoa. Por determinação judicial foi demolido, já que não atendia às regras ambientais mais modernas.

[2] Município no litoral gaúcho conhecido pela produção de abacaxis.

do passagem sobre a multidão, com a polícia distribuindo porrada. O evento foi transferido para data a ser definida por Deus.

Como aquela selvageria ficou obsoleta em 2023, a plateia do Ambição 2030 aplaudiu sem muita convicção as Anas Paulas de Terra de Areia que substituíram o Haddad. Não jogaram latas, nem garrafas no palco (sabiamente a organização o evento preferiu copos descartáveis).

Superado o principal, a apresentadora cumprimentou a plateia: Bom dia a Todos, Todas e *Todx*, e se apresentou: meu nome é tal, sou parda, tenho o cabelo cacheado, 1,82m e estou vestindo uma saia de oncinha. Apesar das minhas *exs* sempre me acusarem de não reparar cabelos, unhas, roupas novas e cirurgias de redesignação sexual, confesso que desta vez tinha reparado essas características da apresentadora antes de ela falar (sim, o homem evolui!). Como meu sócio conhece minha educação suíça tipo Julinho, se apressou em dizer que ela estava falando para cegos, apesar de não ter cegos na plateia.

Então, naquela manhã nublada, enquanto meu cérebro processava "Ana Paula de Terra de Areia" ao invés de Fernando Haddad, também vasculhava o ambiente em busca dos *todx* e daqueles que precisavam que os apresentadores se descrevessem fisicamente. Tudo tão moderno, e ao mesmo tempo tão vintage: meu dedo discou o 138 da CRT[3] em um discador de telefone invisível na minha coxa; eu, 11 anos, 1982, no Tele-Amigo: – Então, tenho 1,80m, 18 anos, sou loiro e estou na Faculdade de Medicina. Como é teu nome mesmo? Regina. Adoro esse nome..."

Daí chegou o segundo destaque no palco, também cumprimentou Todos, Todas e *Todx*, e se descreveu como branco, da maioria dominante, infelizmente, cabelos claros, meio calvo, calça e camisa social e de altura mediana.

Daí vieram as palestras e debates que iriam impulsionar as empresas a cumprirem as agendas da ONU pra 2030. Todos, Todas e *Todx* concordaram em apoiar a Mente em Foco, a Raça é Prioridade, Elas

---

[3] Companhia Riograndense de Telecomunicações – empresa pública regional de telefonia nos anos 70/80.

Lideram 2030, Ambição NetZero, +Água, Salário Digno, Transparência 100% e Conexão Circular.

Supimpa!

Eu esperando a parte o *grand finale*: como fazer tudo isso?

E de novo Todos, Todas e *Todx*; e de novo sou alto/baixo, negro/branco, terno/*jeans*/vestido, dominante/oprimido; e de novo sou a favor de inclusão de minorias, defesa do meio ambiente, autossustentabilidade de vulneráveis; e de novo; e de novo; e de novo. O evento se tornou um disco arranhado que tocava a parte da música que todo mundo queria ouvir.

Na real estava assistindo à novela das 8h: o cara é bacana, boa pinta, politicamente correto, namora a Camila Pitanga, conjuga e flexiona perfeitamente o Todos, Todas e *Todx*, descreve impecavelmente seu terno de linho que não amassa, nem é brega e rescende decente riqueza humilde e constrangida. O personagem que sem nenhuma explicação plausível dedica a vida aos pobres sem esclarecer de onde vem o dinheiro que permite fazer essa cruzada social.

Eu estava interessado em ouvir sobre geração de carbono a partir de florestas, regras que permitissem povos originários criar renda suficiente para uma vida autossustentável, regularização fundiária de ribeirinhos amazônicos pra obtenção de recursos básicos sem agredir o bioma, qualificação de crédito verde para o mercado regulado internacional, mas Todos, Todas e *Todx* estavam ocupados, ocupadas e *ocupadx* demais se descrevendo e competindo nas melhores intenções para tratar de questões operacionais.

Também queria ouvir sobre como avançar na inclusão social, respeito com minorias, abolição da fome, de verdade sobre os caminhos para atingir os oito movimentos dos ODS, coisas tão caras para um país com tantos desafios como o Brasil. Dizer-se a favor dos oito movimentos parece meio óbvio para quem se dispõe a comparecer a um evento dessa natureza.

O *Todx* e a descrição pessoal para uma plateia sem cegos não deixam de ser o que foi o evento, algo feito pra circular na franja, esteticamente magnífico, politicamente correto, a corte de Luís XIV com uma taça de *champanhe* debatendo a vida miserável do jardineiro agachado plantando uma rosa em Versalhes. Depois todos podem deitar suas consciências tranquilas nos seus lençóis de 800 fios por terem cumprido sua missão socioambiental.

Ainda não conheci um *gay* interessado em linguagem neutra, mas todos, sem exceções, querem ser respeitados, ter uma vida feliz com suas escolhas e precisam de medidas concretas para que isso aconteça. Quem ama a linguagem neutra é a extrema direita, que a usa na confirmação das suas teorias da conspiração de imposição de uma ditadura *gay* e sexualização de crianças. Também se fizerem uma pesquisa não será surpresa se os cegos preferirem passeios adaptados ao invés de pessoas se descrevendo em um evento a que nenhum deles, aliás, compareceu.

Distante da novela das 8h, os Todos, Todas e *Todx* são espancados no metrô por causa da sua sexualidade; pequenos proprietários de terras no Amazonas vendem árvores pra sobreviver enquanto o cara de terno de linho ainda não aparece na sua *timeline* e – a dificuldade de enxergar – não está na ausência de descrição pessoal, mas na falta de Internet.

Os primeiros dias

No primeiro, primeiro dia, eu nasci. Tava de boa na lagoa e minha bolha explodiu e, em um segundo, estava sendo puxado pela cabeça, apavorado, para um mundo de luzes brilhantes. Lá se foi minha primeira casa, quentinha, aconchegante, com comida e bebida farta, onde eu podia dar cambalhotas na gravidade zero. Bateram na minha bunda! Cortaram meu umbigo! Selvagens!

Então me enrolaram e me colocaram num sovaco quentinho que, depois fui descobrir, era da minha mãe. Quantos vultos! Me passavam de mão em mão feito uma peteca! Todo mundo falava comigo com uma voz infantilizada. kkkk

Então veio o primeiro dia do cocô. Andava estufado, alguma coisa estava acontecendo, me sentia mal, tinha cólicas, parece que o leite da teta não tinha mais para onde ir. Daí aconteceu: primeiro um peido bem barulhento, mas sem cheiro ruim (no fundo eu acho que todo mundo simpatiza com o próprio peido...), e aí saiu aquela montanha de merda, todo mundo comemorou. Depois de algumas semanas, ninguém mais comemorava; bastava um cocozinho, que ficavam discutindo quem me trocava. Zero coerência!

Daí teve o primeiro dia que soube que meu pai era meu pai. Deveria ter deduzido antes; ele estava sempre lá, rindo, me carregando, dirigindo o carro, era o mais presente depois da minha mãe. O jeito abobado com que ele olhava, rindo de qualquer besteira que eu fizesse, só podia ser ele. Aquele homenzarrão fazia cavalinho comigo. Que cena! kkkk

Conheci o bico e logo simpatizei com ele; éramos uma dupla insuperável; estava sempre com uma teta na boca, e isso me acalmava. Nem sabia que se podia ter medo do escuro, eu e meu parceiro estávamos prontos pro que desse e viesse. Meus pais pareciam adorar ele. Daí tudo mudou, começaram aquela pressão dizendo que eu ia ficar com a boa torta (quem é Noel Rosa?) e que não ficava bem para um *gurizão* ficar chupando bico.

Gurizão???? Pra tudo eu era neném, mas pro meu amigo eu tinha ficado velho. Então mamãe cortou um pedaço dele, dormi com meu amigo amputado dentro da boca, triste, passando a língua naquele vão de borracha. No dia seguinte, mais um pouco. Óh mundo cruel!!!! Parei de usá-lo de dia, pensando que assim poderiam ter um pouco de comiseração com meu biquinho. Passeando no centro, vi um caminhão de bombeiro: era vermelho, tinha as mangueiras de borracha, compartimentos para colocar água e uma escada que espichava. Meus pais me subornaram da maneira mais vil: troquei meu amigo aleijado pelo caminhão novo em folha.

Daí veio meu primeiro dia sem o bico, e me descobri uma pessoa má, esquecido do meu companheiro enquanto salvava meus índios e mocinhos dos incêndios imaginários com meu fantástico caminhão vermelho, mas, como até os brutos choram, à noite lembrei tantas coisas que vivemos enquanto as lágrimas molhavam o travesseiro. Chorei em silêncio com medo de perder meu caminhão por descumprir o combinado.

Daí teve o primeiro dia da creche; no começo achei uma boa ideia, ganhei mochila, lancheira e até um tênis novo, e ouvi maravilhado que ia brincar com novos amiguinhos, o que soava bem para quem morava em um prédio antigo sem nenhuma infraestrutura no centro de Porto Alegre. A mãe estava meio nervosa. O pai não sei, ele saía pra trabalhar e só chegava de noite. Confesso que dei um *show*! Quando a mãe tentou ir embora, eu me agarrei nas grades chorando para que as professoras não me levassem pra dentro. Apesar dos meus gritos, ela partiu, já que nos anos 70 ainda não tinham inventado a empatia. De verdade, a situação nem era tão grave, tanto que mal ela virou a esquina, eu já estava enturmado brincando; foi só pra valorizar a separação.

Num sábado normal a mãe mandou eu me arrumar rápido pra sair depois de falar no telefone; ela estava chorando, meu pai estranho, fomos em silêncio no carro, sabia que era melhor eu não falar, nem sabia por quê, mas era melhor eu não falar. Estávamos indo pra casa da vó, em São Jerônimo, mas não era Páscoa, nem férias de julho. No caminho ela me disse que a vó tinha morrido. O vô eu não tinha conhecido porque morreu logo depois que eu nasci.

Daí tive meu primeiro dia de morte. No começo nada parecia fazer sentido. O mundo sempre foi eterno. E as minhas Páscoas. Minhas férias de julho? E Capão da Canoa no verão? E as garrafinhas de Coca-Cola pequenas que vinham numa caixinha de madeira? Não era possível! O vazio da casa vazia da vó me deu uma dor na boca do estômago. Tudo estava lá, menos a minha vó. Tinha o cheiro dela, mas não tinha ela. Quando a vi no caixão, chorei por ela, chorei pelas minhas pescarias com minhoca do pátio no Rio Jacuí; chorei pelas goiabas; chorei pelos butiás do butiazeiro do lado do balanço; chorei pelo bife frito no fogão à lenha; chorei pelos banhos de calha furada nas chuvaradas de verão...

Daí tive meu primeiro dia sem meus pais juntos. Estava no banheiro de azulejo escuro do apartamento no centro quando a mãe entrou e disse que o pai ia embora, pois eles não estavam mais se dando bem, e seria melhor pra todo mundo. Ele continuaria me vendo e nada mudaria pra mim. Ele cumpriu fielmente o prometido, saía do banco e jogava bola comigo no corredor do apartamento e sempre ganhava. Íamos no *buffet* da AABB nos domingos e eu passava o final de semana na quitinete dele na João Pessoa, que tinha janela pro fosso do prédio.

O pai me comprou uma excursão pra Disney quando eu tinha 15 anos, com voo pela Aerolíneas Argentinas. Teve reunião no Rosário para informações sobre a viagem. A mãe comprou as roupas de verão porque era julho e também uma mala nova (ainda não tinham inventado a rodinha). A mala era azul e branca. Como o pai ia me levar no aeroporto, fui pra casa dele uns dias antes, já no apartamento do Cristal, em Porto Alegre. No dia seguinte saiu na televisão que a Aerolíneas tinha entrado em greve. Não viajei. Fiquei na casa do pai aquela semana sem avisar para minha mãe. Quando no final de semana voltei pra casa, a minha mãe tinha descoberto que eu não viajara e não tinha voltado. Meu quarto não existia mais, foi transformado em uma sala de televisão. Minhas malas estavam na porta. Ela nem falou comigo. Nem eu falei com ela nos 3 anos seguintes. A mãe pegava pesado.

No primeiro dia que saí da casa da minha mãe, eu carreguei as malas chorando por detrás do *ray-ban* azul e entrei em silêncio no Gol cinza do pai. Meu pai não falou nada, ele nunca falava nada, mas sempre estava lá. Meu quarto provisório virou definitivo. Foi um julho solitário escutando *The Smiths* no 3 em 1 enquanto não voltavam as aulas no Julinho. A casa do pai tinha 2 pratos fundos, 2 garfos, uma faca e um videocassete com controle remoto de fio. Quando voltaram as aulas, o pessoal do colégio ia lá pra casa ver filmes. Passávamos no súper do Shopping João Pessoa, pegávamos o ônibus Cruzeiro do Sul na frente do Julinho e íamos comer a massa com sardinha da Patrícia Carneiro servida na gaveta da geladeira (tínhamos que revezar nos poucos talheres!). Um dia o pai chegou mais cedo e teve de ir procurando brechas no chão entre os adolescentes pra chegar até o quarto. Ter um videocassete em 1987 te fazia uma pessoa famosa no colégio público.

Daí teve o primeiro dia de morar junto com a minha mulher, que eu tinha conhecido no carnaval de Laguna. Alugamos um apartamento na Clemente Pinto. Ela trouxe as coisas de Laguna. Eu achei maravilhoso o apartamento, com churrasqueira na sacada, no terceiro andar de um prédio sem elevador. Que frio na barriga! Quanta ansiedade! Estava tão feliz! Fiz um escritório no anexo da sala. Levava a comida dela pro escritório em potinhos. Nunca tinha amado tanto. Havia perfeição em todas as coisas, no vinho JP suave de garrafão, nos churrascos antes dos jogos do Internacional. Daí ela adoeceu, e minha vida desmoronou.

O inesquecível chulé do meu All Star

Uma vez em NY, fui fisgado por uma loja de roupas vintage: ombreiras, jaquetas *jeans*, calças *legging*, vestidos balonê, casacos com aba de pelinho do Top Gun, tudo absolutamente familiar para quem nasceu no começo dos anos 70.

Em destaque, estava ele, soberano sobre uma coluna dórica, recebendo iluminação dedicada: um All Star vermelho de cano alto e cadarço branco.

Caminhei zumbificado até aquele orgasmo estético, com indiscreta soberba de tê-lo calçado lá no início, praticamente um Neil Armstrong encontrando a Apolo 11 em uma loja de penhores em Las Vegas: "Um pequeno passo para um homem, um salto gigante para a humanidade".

O sonho acabou quando reparei o preço absurdamente caro do All Star dos meus sonhos!

Então, de repente, lá estava eu em 1984, na minha velha casa da Glória, em Porto Alegre, olhando o antepassado daquele espécime, dormindo atrás da porta que dava para o pátio, só que, ao invés de vermelho de cano alto, branco de cano baixo.

Mesmo na recordação, quase fui nocauteado pelo seu cheiro azedo de chulé, uma mescla de cachorro molhado e enxofre (por isso o castigo de dormir no pátio...).

Mas devastador mesmo foi lembrar das bolhas nos pés, daquele acavalamento que fundiu meu mindinho ao anelar e moldou minha unha em formato de cimitarra.

[VOZES DA MINHA CABEÇA: – Ah, mas então o All Star era ruim?]

Não! Ruim mesmo era o Kichute.

Sim, o Kichute, aquele besouro negro com travas de borracha e cadarço grande o suficiente para laçar um bisão selvagem. No Kichute, o chulé vinha de fábrica, inicialmente escondido naquele cheiro de borracha que devia dar barato se inalado em local fechado (infelizmente, a ingenuidade da época me privou da viagem *kichutérgica*).

O Kichute era a chuteira de quem não tinha dinheiro para comprar uma chuteira, por isso as altas travas de borracha aleatoriamente colocadas na sola. Essas travas tornavam a caminhada no plano um *show* de equilíbrio e na grama, um convite para uma lesão no tornozelo.

[VOZES DA MINHA CABEÇA: – OK, tudo bem, ruim mesmo então era o Kichute!]

Negativo! Ruim mesmo era a Conga.

O chulé da Conga foi desenvolvido em laboratório durante a guerra do Vietnã: entre ele e o NaPalm, os norte-americanos ficaram com o segundo que causava menos danos. Se bem estudado, se descobrirá que todos os problemas de deambulação da minha geração vieram da tal de Conga.

No preço da Conga estava incluída a humilhação.

Sim, a humilhação!

Era chegar no colégio pra começar aquela maldita música: "Conga, é pra guri bagaceiro, que o pai não tem dinheiro, Conga". Tinha outra ainda pior: "Conga, para quem não tem dinheiro, vagabundo, maconheiro. Conga, é tão fácil de rasgar!"

Naquele colégio público do final dos 70 e começo dos 80, crianças pobres chamavam de pobre quem usava Conga, não raro do alto das suas Havaianas de presilha recauchutada por um prego.

[VOZES DA MINHA CABEÇA: – Tá bem, está claro! Só tinha tênis bosta nos anos 80!]

Nada! Em 1985, conheci o Marathon azul com faixas que brilhavam no escuro, que, junto com um abrigo arco-íris, transformava qualquer magrelo espinhento no Patrick Swayze.

Mas no combo do Marathon veio a decepção: meus pais acharam um despautério gastar tanto dinheiro com um tênis, mostrando a absoluta falta de empatia com as necessidades básicas de um adolescente que ia no Sunday do Teresópolis Tênis Clube.

[VOZES DA MINHA CABEÇA: – Que vida bosta, hein?!]
Não mesmo!

Em 1987, tudo mudou: ganhei um Nike de basquete, branco, de couro e com cano alto. Eu e Robert Smith amarrávamos ele apenas nos primeiros furos, para as laterais do cano alto ficarem abanando. Michael Fox me imitou em *De Volta para o Futuro*. Depois do dia inteiro no colégio, o valente participava da coreografia do Boys Don't Cry no Ocidente.[4]

Para acompanhar aquele Deus dos Pisantes, comprei um *smoking* de segunda mão na loja de roupas usadas perto do Julinho[5] (sim – "loja de roupa usada" – porque brechó é a sua gourmetização mais recente). Daí o Nike, o *smoking* e, inclusive, eu, fazíamos sucesso jogando sinuca no Bar Lola, na Osvaldo Aranha.

Veio a faculdade e traí meus velhos companheiros da forma mais vil possível: comprei um sapato social na C&A, depois na Renner, Aduana e, adiante, estava esnobe comprando na Homem.

Mas, além de traíra e vil, ainda revelei minha face mais sórdida comprando um sapatênis nos últimas anos da faculdade.

E a vida seguiu.

Durante a pandemia, comprei um tênis caro, com amortecimento, fibras que não deixam o pé suar, bom para caminhadas e academia. O negócio tinha tanta tecnologia, que fiquei me perguntando se o vendedor havia feito uma faculdade para transitar em tamanha complexidade.

*"**Filho de Puta Pobre**": Adj. Superl. Usado pela minha mãe para designar quem compra uma coisa e sai usando (*Dicionário Lá de Casa da Língua Portuguesa*!).

---

[4] Icônico bar, casa de *shows* e danceteria localizado na Avenida Osvaldo Aranha em Porto Alegre.

[5] Júlio de Castilhos, colégio público de Porto Alegre para os não familiarizados.

Apesar da cândida lembrança materna, desovei os tênis velhos na loja, calcei aquela maravilha e surgi pleno no *shopping*, pisando em nuvens, gingando no amortecimento de gel, quase um Eminem Farroupilha.

Foi chegar em casa e tirar os tênis que uma DR explodiu com pés dizendo: – Seu merda, por que demorou tanto para comprar esses tênis?

Argumentos não me faltavam para enfrentar de cabeça erguida aqueles pés enfurecidos. Podia falar da falta de dinheiro, do atraso tecnológico, de um Brasil com a economia fechada em que as novidades vinham dos USA ou do Paraguai, mas simplesmente sorri.

Sorri complacente encarando as unhas de cimitarra, porque pés não são como elefantes que nunca esquecem.

Então, não lembravam do dia em que caminhei de costas no mar de Capão da Canoa ao lado do pai para ver a trilha de travas do Kichute sulcadas na areia molhada; nem de quando esqueci a Conga na barraca azul no Guaíba Country Club e voltei com os pés sapecados de rosetas nas costas da mãe; tampouco do All Star branco me levando pro primeiro beijo naquela tarde preguiçosa da Glória.[6]

Os irascíveis pés nem lembraram do Nike embolado com as rasteirinhas da guria mais legal do bairro, cueca e calcinha, camiseta e sutiã, numa harmoniosa bagunça do lado da cama de solteiro no Cristal[7] depois do colégio...

Aliás, pra que amortecimento de gel em um tempo em que a vida era mais leve?

---

[6] Bairro de Porto Alegre.

[7] Bairro de Porto Alegre.

Capão da Canoa

Segundo minha mãe, fui pra Capão da Canoa a primeira vez com um mês de vida, para o apartamento da vó no Edifício Pindorama. Admito que não lembro exatamente dessa viagem, mas ela deve estar em alguma gaveta do subconsciente.

Pros de fora, Capão da Canoa é uma cidade no litoral do Rio Grande do Sul, aonde os gaúchos vão nos seus verões.

O Edifício Pindorama tem o formato de um grande quadrado situado a uma quadra do mar naquilo que se considera o centrinho da praia de Capão. O centro desse quadrado é aberto e é lá onde as crianças brincam e os adultos conversam tomando chimarrão. Tem a tradicional churrasqueira e um cano de ferro para amarrar as bicicletas.

O prédio visto de dentro lembra uma fortaleza onde os três andares de apartamentos são os muros da cidadela. Num dos cantos do pátio interno está a casa do zelador, de madeira, maior, inclusive, que a maioria dos apartamentos, o que sempre despertou certa raiva nos moradores.

A vó costumava ir para Capão logo depois do Natal. Levava os cachorros e as tralhas para ficar até março. A mãe desovava eu e a minha irmã mais ou menos na mesma época e recolhia próximo ao início das aulas.

O apartamento tinha dois quartos, sala e sacada. Da sacada se via de revesgueio o mar. No quarto da esquerda tinha um treliche de madeira. A última cama ficava a uns 40 cm do teto e era a minha preferida. Havia um armário com dois ganchos nas laterais, os quais quando eram soltos liberavam o colchão de casal, onde meus pais dormiam quando ficavam conosco. Tinha um roupeiro e uma penteadeira.

O quarto da vó tinha um sofá e um armário embutido. A cama também ficava camuflada num armário *fake*. O sofá da sala era de corino verde e tinha duas almofadas de encosto. Da sua extremidade saía um apoio onde podia ser posta uma almofada para ele virar uma cama. A cozinha era pequena; além do fogão, geladeira e armário, cabia uma pessoa.

A televisão era sempre o grande desafio do veraneio. O zelador subia no telhado pra posicionar a antena. Alguém com meio corpo pra fora da janela ia gritando se a imagem estava boa. Ou então, quando algum temporal tinha arrancado ela do telhado, tentávamos o bombril na antena interna da própria TV.

As amizades de verão eram efêmeras, pois os amigos vinham e iam na rotina dos aluguéis de temporada e, também na da cotação do peso: quando nosso dinheiro afundava, os argentinos dominavam a cena.

Triste a vida de quem nasceu em janeiro em terras gaúchas. Sempre carreguei muita inveja de quem fazia aniversário durante o ano letivo, na sua cidade, cercado dos amigos e do pessoal da escola, contrastando com aquela sala pequena do apartamento do Pindorama, mal e parcamente lotada de estranhos angariados pelos corredores do prédio... Ah se eu tivesse nascido em junho...

Minha Caloi azul ficava amarrada no ferro com um cadeado. Com ela eu era uma alma livre nos meus precoces anos de existência, desbravando Capão da Canoa, Atlântida, Xangri-lá, Albatroz, cruzando do mar até a Lagoa dos Quadros.

Alguém com toda essa coragem era merecedor de um sorvete de três bolas na Gelf's do beco que o Hotel Riograndense fazia com o Boliche em Capão. Limão e maracujá eram sabores permanentes. A última bola variava. Aí me descobri predominante conservador com uma bola progressista.

O tal boliche ficava em um prédio de madeira imponente ao lado da praça, e só o frequentávamos quando nossos pais vinham passar o final de semana na praia, porque minha avó já não tinha saúde pra derrubar os pinos. Mas não era só o boliche; na lateral da pista havia máquinas de *pinball* e fliperama. Acho que se fechar os olhos e respirar fundo, ainda consigo escutar aquele barulho de bolas de boliche, pinos, *pinball*, risos e gritaria.

Na quina da praça, ao lado do boliche, ficava o Longo, uma espécie de supermercado, armarinho e papelaria. Minha vó gostava de ir lá, talvez por ser antigo como a praia. Ela sempre contava que no começo era um dia de viagem para chegar em Capão da Canoa. O lugar tinha um cheiro esquisito, de coisa velha, comida e tecido.

Os cheiros, aliás, definem minha infância litorânea, já que as lojas de fora do Edifício Pindorama eram predominantemente pastelarias, e as chaminés de exaustão ficavam apontadas para o pátio interno. Mas não podíamos reclamar, volta e meia estávamos refestelados naquelas mesas com um pastel de camarão transbordando pra fora do prato.

Mas comida de verdade era a do Maquiné, do lado da Rodoviária, em frente à Praça do Minigolfe. Começava com uma sopa que era uma mistura de canja com sopa de carne. Depois vinham os peixes, salada, arroz, feijão, bife e ovo. Tudo era servido na mesa. O lugar tinha azulejo nas paredes e mesas de madeira escura.

Pouco falei do mar, pois por lá ele é alguém difícil de lidar. Ora eram ressacas que acabavam com a faixa de areia; ora estava marrom com uma espuma da mesma cor; e impreterivelmente a água era gelada. Mas era só começar as aulas, com o final do veraneio, para alguém dizer: – Capão tá maravilhoso, o mar tá quente e parece Santa Catarina. A raiva era palpável.

Tínhamos uma rede de saco de batata preso em duas taquaras para pescar na beira da praia aqueles peixes pequeninos. Colocávamos eles no baldinho e, sem limpar, fritávamos e comíamos antes do almoço.

Legal era pescar com o pai, o que acontecia de vez em quando. Se fosse de caniço, tínhamos de achar tatuíra de casca mole na areia da praia pra usar de isca. Que trabalho! Eu cavava com as mãos, o pai ficava afundando os pés quando a onda vinha. Depois de horas, quando muito, se levavam uns três papa-terras pra casa. Às vezes íamos de carro pela beira da praia pra um lugar baldio para pescar de rede. O pai ia lá no fundo, enquanto eu ficava dando corda. Não cabia dentro de mim da coragem do meu pai enfrentando aquele mar.

Eu também enfrentava o mar de capão com minha prancha de isopor. Acho inclusive que a vida aprendeu a nos dar tombos em um tutorial do mar capoense, pois eram pernas passando pela cabeça, rolagens laterais, cara esfregando na areia e, quando você conseguia colocar a cabeça pra fora pra respirar, já vinha outra onda pra recomeçar a desgraça.

Quando Heráclito escreveu que não se pode banhar duas vezes no mesmo rio, na verdade estava falando do mar de Capão da Canoa, pois o repuxo lateral anulava qualquer propósito de autodeterminação pessoal. Mas no meio da praia havia o Baronda, havia o Baronda no meio da praia.

Essa construção que avançava extravagantemente na areia, era um bar-restaurante que era o norte do banhista capoense; sem ele certamente famílias teriam sido definitivamente separadas durante o verão.

O milho verde cozido era outra referência essencial de Capão, seja em casa, seja nas banquinhas. Inesquecível a agilidade daquele vendedor catando o milho no panelão com o garfo e em seguida deitando-o sobre as próprias folhas pra receber as pinceladas de margarina e o sal abundante. Como eram felizes os verões antes do colesterol!

Depois do almoço, a preguiça. Então se ouvia: – Olê, puxa, puxêê. A bicicleta de puxa-puxa passando na sua casa no tempo em que triglicerídeos devia ser o nome de algum monstro que o Ultraman enfrentava.

E o tempo passou, a vó morreu, minha mãe prefere ficar em casa cuidando dos cachorros. A demência fez o pai esquecer de muitas coisas, talvez não consiga mais colocar a rede naquele mar bravio. O Pindorama continua lá, com suas pastelarias e lojas de bebida, mas pra entrar precisa da chave do portão. O Hotel Riograndense e o boliche foram demolidos para dar lugar a um *shopping* e um prédio. A Gelf's se mudou do beco que sequer existe mais. O Baronda foi demolido depois de declarado incompatível com certas regras ambientais. O Maquiné continua existindo ao lado da rodoviária que não existe mais ali; trocou o azulejo das paredes por um aspecto mais moderno e instalou um sistema de *buffet* além dos pratinhos.

Sigo veraneando em Capão da Canoa. Às vezes levo meus filhos para passear nas ruas invisíveis da minha infância. O Pindorama ganhou um elevador. Minha Caloi nunca mais foi vista no bicicletário. Sigo conservador nas bolas de limão e maracujá e permaneço progressista na terceira bola. Continua...

Capão da Canoa 2

Capão da Canoa é cortada pela Avenida Paraguassu, que, aliás, corta praticamente todo o litoral norte gaúcho; então, se você estiver perdido, procure-a e lembre-se de que ela vai de sul pra norte ou vice-versa. Essa via tem de um lado o mar e do outro a serra. Se você imaginou a Big Sur, tire o cavalinho da chuva, pois nem o mar é aquele da Califórnia, nem a serra tem paredões de pedra, tampouco a imagem é instagramável, já que ambos estão há alguns quilômetros da Paraguassu.

A Paraguassu é a Faria Lima de Capão da Canoa, a vida econômica da cidade passa por ela e, naqueles anos 80, além da Prefeitura, lá tinha a Manlec, onde comprávamos a TV de tubo quando a velha queimava, ou a bicicleta nova; o Real, supermercado mais completo da praia; Sociedade dos Amigos de Capão da Canoa (SACC), com suas piscinas transparentes e seus bailes inesquecíveis; o posto de gasolina, que também era estacionamento; e a Central Telefônica da CRT (a estatal Companhia Riograndense de Telecomunicações).

A Central Telefônica era um refúgio de dignidade em meio à barbárie humilhante dos Orelhões. Porque nos anos 80 eram poucas as pessoas que tinham telefone fixo, enquanto celular era ficção de Perdidos no Espaço; então toda a comunicação era através dos Orelhões e suas tripas de fichas telefônicas da CRT. Poderosos eram aqueles que sabiam onde ficavam os Orelhões vazios, já que os comuns perdiam às vezes horas na fila para aguardar sua vez.

Mas o problema menor era a fila; o maior era discutir assuntos particulares numa plateia de 20 pessoas. – Oi, amorzinho, por que você não veio pra praia, estou aqui e nada de você chegar, se debulhava o apaixonado, enquanto alguém na fila fazia a chifrinho de corno com a mão, pro riso abafado dos estranhos. Alguns namorados, sabendo das consequências, se entocavam dentro da concha do orelhão e falavam baixo com a mão abraçando o microfone. Esse era o pior dos erros! O silêncio na fila era total, as pessoas prendiam a respiração para ouvir a conversa, até a cidade se calava esperando o deslize do incauto, até que chegava aquele momento em que a ligação ficava baixa, a interlocutora não escutava e o enamorado falava alto: – EU DIGO O TEMPO TODO QUE TE AMO, JUJUBINHA, E SÓ RECEBO PATADA, DEIXA MINHA MÃE FORA DISSO. Nisso a fila explodia em gargalhadas, gargalhadas com algum sofrimento, já que a fila andava e a vez do gracioso ia chegar... Se bem estudado, acho que minha geração aprendeu a ser sóbria e lidar com assuntos delicados de forma fria na fila do orelhão.

A Central Telefônica, então, era uma espécie de Oásis no deserto de humilhações dos Orelhões de rua, com suas cabines de vidro e uma espera que contava com ventilador e televisão. Ruim mesmo era o preço. Mas, para os usuários de Orelhões, sempre resta a esperança bíblica de que os humilhados serão exaltados.

O Supermercado Real tinha produtos inexistentes nos pequenos mercados do entorno, mas ficava longe do apartamento; aliás, longe, longe não ficava, mas, pra uma criança de 12 anos carregando duas melancias embaixo do braço, as distâncias dobram com muita facilidade. Somam-se ao trauma dos orelhões os das melancias. Por que a vó insistia em comprar melancia no Real, se passavam caminhões vendendo? Economia às custas dos meus braços! Tempos opressores antes do ECA! Se houvesse redes sociais naqueles tempos, viralizaria minha dor...

No meio da Paraguassu tinha um Raupp's Lanches,
Tinha um Raupp's Lanches no meio da Paraguassu,
Tinha um Raupp's Lanches
No meio da Paraguassu tinha um Raupp's Lanches.

Nunca me esquecerei desse acontecimento,
Na vida de minhas retinas tão fatigadas,

Nunca esquecerei que no meio da Paraguassu
Tinha um Raupp's Lanches
Tinha um Raupp's Lanches no meio da Paraguassu,
No meio da Paraguassu tinha um Raupp's Lanches.

Carlos Drummond de Andrade disfarçou com pedra e caminho sua verdadeira intenção poética, se não pra preservar sua amada Itabira, então para não reconhecer a ascendência do Raupp's Lanches sobre a comida mineira.

O Raupp's Lanches era uma novidade naqueles anos 80. Os pastéis do entorno do Edifício Pindorama dominaram minha infância e duvido que em uma autópsia não identifiquem aquele óleo vencido nas minhas dobras intestinais mesmo depois de tantos anos. Então já sabem, se em um acidente meu corpo ficar irreconhecível, procurem minha identidade ali.

Como só os diamantes são eternos, o império dos pastéis ruiu com a chegada do *buffet* de cachorro-quente que se instalou na última loja do entorno do Pindorama, para desespero das pastelarias.

Salsichas e linguiças tipo uruguaia (Pancho) saindo soberanas para fora daquele pão aquecido no vapor, languidamente caídas como braços roliços de postais eróticos franceses: começava a jornada de maioneses, mostardas, ovos cozidos, queijo ralado, *bacons*, milhos, tomates, alfaces...

Então um sábado faltou gás e decidimos comer fora; meus pais não aguentavam mais o tal *buffet* de cachorro-quente, então fomos procurar onde comer na Paraguassu, e eis que nos deparamos com o Raupp's Lanches. Entre um gole e outro da Coca-Cola de 1 litro em garrafa de vidro, e uma mordida e outra daquele X Coração, nascia uma paixão.

O Raupp's Lanches sabia seduzir um coração juvenil; afinal de contas, aquela maionese em um copo de cafezinho, com uma colher de sorvete para servir, desafiando todas as regras da higiene, era um convite ao pecado da gula.

Raupp's cresceu, ocupou uma esquina, colocou *buffet*, garçons de camisa branca, sempre aquela cerveja gelada e transmissão dos jogos da dupla Grenal, um segundo lar em Capão da Canoa.

Ele sempre estava lá! Naquele inverno mais inclemente, o Raupp's Lanches estava lá; naquela chuva mais torrencial, o Raupp's Lanches estava lá; naquele fim de festa, o Raupp's Lanches estava lá. Dissessem que eu não encontraria o mar em Capão da Canoa, mas não ousassem insinuar que o Raupp's Lanches não se faria presente. Na placa de entrada daquele colosso gastronômico estava escrito: – Bicuíra desde 1983! Capoense até debaixo d'água.

Os estrelados Michelin nunca aceitaram o reinado absoluto do Raupp's Lanches, Paris nunca se conformou em ceder o posto de capital gastronômica mundial pra Capão da Canoa, então houve interdição pela Saúde em 2016, tiroteio com 5 feridos em 2018 e até que, em 2022, o Raupp's Lanches fechou as portas...

Hoje a esquina do Raupp's Lanches abriga lembranças; o coração do X Coração deixou de bater; então me pego vagando por Capão procurando em outras lancherias aquela maionese no copo de cafezinho com colher de sorvete; sumiram os banheiros de cimento, com os cheiros ancestrais se revolvendo naquele mictório de tijolo com oito lugares; quanta saudade dos meus amigos garçons que eu não sabia o nome, mas, mesmo assim, eram amigos de infância; dos abraços em desconhecidos a cada gol do Internacional...

Descansa em paz, Amigo: nunca te esqueceremos!

Carnavais de Laguna

Consegui um estágio no setor PIS Empresas da CEF em 1991. Ganhava mais do que no meu primeiro estágio no Instituto de Previdência do Estado do Rio Grande do Sul (IPE).

O IPE fica na Avenida Borges de Medeiros, em Porto Alegre. Eu trabalhava na sobreloja, de frente pra avenida, no setor de benefícios. O prédio é de vidro e ali onde eu ficava não tinha ar-condicionado. Tive de levar o ventilador de casa. Nesse dia, entrei pelos fundos, porque tinham de colocar uma etiqueta nele pra saberem que era meu e não do Estado. Eu gostava do restaurante no último andar do prédio; era um *buffet* gigante, eu me sentia muito advogado de crachá, com minha calça e camisa social da C&A.

O setor de PIS Empresas da CEF ficava na Rua General Vitorino, no centro de Porto Alegre. A CEF era perto da Masson, uma joalheria que eu considerava mais eterna que os diamantes que ela vendia. Ela fechou depois de 120 anos e passei a desacreditar na eternidade para sempre.

Não tinha restaurante no estágio da CEF, porque chegávamos depois do almoço. Ainda assim eu ganhava mais. Tinha uma sala de Telex, com uma operadora de Telex. O Telex era um tipo de telégrafo instalado no Centro de Porto Alegre ao invés de uma estação de trens no velho oeste.

Na época do pagamento do PIS, as caixas com os carnês de todos os trabalhadores do Estado chegavam no nosso setor. Então pegávamos relações de nomes dos funcionários das PJs que tinham o convênio do PIS Empresa, abríamos uma caixa com centenas de carnês, achávamos o carnê correspondente, dentro do carnê, com dezenas de boletos, achávamos a folha do beneficiário, a destacávamos e colocávamos numa pasta separada, para que ele fosse pago diretamente na folha do empregador sem ele precisar comparecer à agência bancária.

Comecei a trabalhar na CEF em abril. Em dezembro, pedi pra minha chefe dois dias de folga para ir ao *Réveillon* em Santa Catarina com meu colega de faculdade Roberto. A chefe me deu um sermão sobre minhas responsabilidades e a oportunidade que eu tinha de estar trabalhando ali, que estagiário não tinha férias e acabou dizendo que não abria exceções. Peguei triste o ônibus Ipiranga-PUC que me levava pra faculdade, sentei na janela olhando pra fora sem ver a rua. A vida adulta havia aprisionado aquele guri que com 15 anos tinha ido de ônibus sozinho pra Bahia.

Cheguei no prédio do Direito e vi direto o Roberto, que sorriu pra mim. Retribuí e não falei nada sobre a merda que tinha dado com a viagem. Ele começou a falar de uma festa que tinha de ir na Lagoa da Conceição, em Floripa, no *Réveillon*.

O pai do Roberto chamava ele de Bobo. Dizia que Bobo era apelido de Roberto na Itália. Ele tinha vindo pequeno pro Brasil. Não sei se é verdade, mas o apelido colou mais que tatuagem.

Bobo era descolado, fumava maconha atrás do prédio da Odontologia antes da aula, no recreio e depois da aula. O cara bolava um baseado melhor que a Souza Cruz fechava seus cigarros. Uma vez fomos para Garopaba com ele dirigindo e contando que tinha pego uma colega de aula, que antes do sexo tinha mandado ele lavar as dobrinhas. Ele falava, ultrapassava caminhões na BR-101 não duplicada, com uma mão esmurrugava o *beck*, abria a seda, acomodava a erva, passava a língua na cola e fechava o baseado. Tinha a arte de um Michelangelo pintando a Capela Sistina.

As dobrinhas do Bobo passaram a fazer parte das piadas da nossa turma do Direito, assim como o "faz xixi bobinho". Essa última aconteceu depois da aula. Combinamos de ir no Bar do Maza, que fica atrás da PUC, na Avenida Bento Gonçalves. Bobo disse pra esperarmos, que ele ia dar uma mijadinha. Começou a demorar e fomos todos no banheiro, pé por pé, para descobrir o que estava acontecendo. Olhamos por baixo da porta e ele estava sentado no vaso fazendo o número 2. Nascia a lenda de que o Bobo mijava sentando, com o anelar colocando o pinto pra baixo e balbuciando: "Vai bobinho, faz xixi bobinho"...

No final da aula, fomos pro bar Lourival, ali na Avenida 24 de Outubro, e confessei que não tinham me dado os dias para ir no *Réveillon*. Ficou um clima triste. Lá pelas 2h da manhã comuniquei que tinha mudado de ideia e iria largar o estágio para viajar. Não iam ser dois dias de folga, mas todo o verão de folga. Libertei temporariamente minha juventude da gaiola da idade adulta. E disse para pensarmos maior e ir mais longe. Bobo topou na hora e decidiu largar o estágio que fazia num escritório de advocacia.

Depois de semanas de combinação, decidimos ir para Alcobaça, no sul da Bahia. Depois do Natal saímos de ônibus de Porto Alegre, paramos em albergue da juventude em São Paulo, depois de alguns dias fomos para o Rio de Janeiro, onde passamos o *Réveillon*; seguimos para Guarapari, no Espírito Santo, e de lá para Alcobaça. Não gostamos de Alcobaça e seguimos para Porto Seguro, onde ficamos janeiro e fevereiro no Albergue da Juventude de Coroa Vermelha. Aí é outra longa história.

Em Porto Seguro, soubemos que o Carnaval de Laguna, Santa Catarina, era pegado. Às vésperas do Carnaval voltamos para Porto Alegre para pegar o carro e ir pra lá. Bobo contou que a dona do escritório em que ele trabalhava antes de ir viajar tinha convidado ele para ficar na casa que ela tinha alugado. Enchemos o carro de cerveja, que compramos numa oferta das Lojas Americanas, e partimos pra Laguna ouvindo fitas de Axé trazidas diretamente da Bahia.

Chegando em Laguna, perguntei pro Bobo onde ficava a casa, e ele disse que era uma casa branca na Rua João Pinho ou João Pinto. Acontece que a tal rua era gigante e a quantidade de casas brancas superava os Pueblos Blancos da Andaluzia. Foram horas batendo nas casas brancas sem êxito. Desesperançados, imaginando dormir no Monza todo o Carnaval seria bacana, fomos nós e nossa cerveja pro Mar Grosso, onde o carnaval tava torrando.

No calçadão do Mar Grosso mostramos o gingado da baianidade nagô adquirida em quase dois meses de axé-raiz, das danças que fazíamos pra turistas em Porto Seguro pra conseguir dinheiro pra beber na praia, da pele bronzeada pelo sol da Bahia.

Já era noite e vimos que tinha uma roda no calçadão. No meio dela, uma morena linda com uma bermudinha de brim que parecia ter sido pintada naquelas duas coxas maravilhosas e um top branco servindo de ninho pra seios perfeitos. Ela descia até o chão e subia com um sorriso maroto sob o olhar em transe daquela plateia carnavalesca. Daí o Bobo grita: – Minha chefe, a guria da casa. Não sabia se eu comemorava a casa ou a chefe dele, ou as duas coisas. Também estava em transe.

Parece que ela perdeu o entusiasmo quando viu o Bobo se aproximando sorridente comigo de arrasto. Acho que o convite pra ficarmos na casa dela tinha sido tipo carioca dizendo: – Depois passa lá em casa. Não tinha sido um lapso ele não ter o número da casa. Nem a rua que ele tinha o nome era o da casa dela. A maconha tinha deixado algumas sequelas no meu amigo, tipo não perceber sutilezas.

Afastei-me com minha cerveja enquanto eles conversavam. Ele gesticulando com os braços; ela negativamente com a cabeça. No final, ele chamou e me apresentou pra Denise. O nome daquele monumento era Denise. Denise com "s". O trio elétrico disparou uma música baiana e começamos a dançar lambada com as coxas entrelaçadas e peitos roçando. Naquela altura, poderia dormir no Monza Hatch todo o carnaval; a viagem tinha valido a pena.

Chegamos de madrugada na casa alugada pela Denise e suas amigas. Não era nem perto da rua que o Bobo tinha dito. As amigas dela eram apenas simpáticas, deviam estar contando com o chamariz da Denise pra se dar bem no carnaval. A dona do imóvel, que morava nos fundos da casa alugada acordou, e foi pra frente da casa ver o movimento de carros. Nos viu e disse com aquele sotaque catarinense carregado que a casa estava lotada e não podíamos ficar lá. Cansado da viagem, cheio de cerveja na cabeça e tendo passado o dia no carnaval, fiz meu melhor sorriso, fingi que não escutei, dei bom-dia, dois beijinhos e entrei na casa, enquanto a Denise discutia com ela. No fim, tudo acertado.

O problema é que não tinha um espaço vago na casa pra dormirmos. Ela perguntou se dormiríamos no depósito sem janela no fundo da casa, na esperança de desistirmos. Topamos na hora. Nossos dois colchonetes não couberam na peça, tivemos de dobrar as bordas deles pra caberem. O Bobo tinha de levantar as pernas pra fechar a porta. Combinamos de dormir invertidos, para evitar uma conchinha. Os dois colocaram a bunda na parede. Estava com o cheiro da Denise grudado em mim depois da lambada do Mar Grosso. Dormi sorrindo. Acabava o primeiro dia do carnaval de Laguna.

Acordei com um beijo na nuca, não sabia que horas eram, a peça não tinha janela. Me grudei na parede. Bobo era *gay*! Virei pra defender minha dignidade e encostei em dois peitos. Não era ele. A Denise tinha ido no meu quarto. Eu sabia que tinha tido muita química entre nós dois. Nos beijamos muito. Arrancamos nossas roupas sem notar. Meu sonho se realizando. A mulher mais linda do Mar Grosso tinha ido no meu quarto; me acordou beijando meu pescoço. Apesar do absoluto escuro do depósito, conseguia reconstituir cada pedaço daquele corpo roçando minha pele, beijando. Enlouqueci a cada toque, a cada respiração ofegante, a cada cheiro. Nem sei quantas vezes transamos. No final desmaiei exausto de cansaço no meu colchonete.

Uma da tarde acordo e vou procurar o Bobo. Estava explodindo de ansiedade pra contar o encontro com a Denise. Ele estava na frente da casa fumando um baseado. Perguntei onde estava todo mundo e ele respondeu que tinham ido pro Carnaval do centro. Eu falei quase gritando:

Eu: – Cara, comi a Denise!
Bobo: – Não comeu.
Eu: – Claro que comi. Ou era tu de tetinha?
Bobo: – Tu comeu a Flávia.
Eu: – Que Flávia?
Bobo: – A da Odonto. A das Dunas.
Eu: – Tá loco!
Bobo: – Eu tava aqui na frente, ela passou, perguntou por ti, eu disse que tu tava dormindo, ela pediu pra entrar, eu não tinha a chave, então ela pulou a janela, foi no depósito, ficou um tempo, pulou a janela, deu tchau e foi embora.

PQP! Era a guria do dia anterior. A gente tentou transar nas dunas do Mar Grosso, mas ou a duna estava ocupada ou bem na hora passava alguém. Combinamos de pegar o carro e ir pra Praia do Gi, que era mais distante do centro. Foi quando fui pegar a chave do carro com o Bobo que encontramos a Denise dançando. Ali acabamos nos separando para nos reencontrarmos no depósito. A sorte é que na loucura do depósito em momento algum chamei a Denise, que era Flávia pelo nome.

Começava o segundo dia do Carnaval de Laguna.

Mãe é mãe e vice-versa

Não lembro do início da relação com a minha mãe, por isso eu posso poetizar com outras vidas e/ou o conforto do útero.

Das outras vidas eu não me lembro, mas, no útero, nossa amizade começou cedo com a Malzbier da Antártica e aquele cigarro Charm da caixa dourada. Diziam que a Malzbier fazia bem pras grávidas, enquanto se parava de fumar alguns minutos antes do parto. Até consigo me imaginar sentindo aquele brilho, deitadinho no útero, com as perninhas cruzadas, como se fosse uma rede, tomando uma cervejinha pelo cordão umbilical e pitando um crivo. Tempos mansos.

– Ain, que horror, fumar e beber grávida!?!?
– Vá pentear macaco!

Os anos 70 tinham suas próprias regras e, se não sabíamos que fazia mal, então não fazia mal; nossa ignorância era nosso escudo.

Falando nos anos 70, quando eu tinha dor de ouvido a mãe colocava azeite de oliva numa colher de chá, esquentava no fogão e despejava no meu ouvido. Que sensação gostosa! Muito anos depois, contei isso para minha otorrino, que quase infartou. Mas comigo dava certo; então, assunto encerrado.

Funcionavam também as compressas de vinagre e sal grosso para dor de garganta, que se resumiam a uma frauda empapada desses ingredientes amarrada no pescoço antes de dormir. O cheiro de vinagre ficava de dois a três dias no corpo e de duas a três semanas na cama.

Geralmente passava a dor de garganta, até porque – se não passasse – a injeção de Benzetacil seria a próxima providência: *Welcome to the Hell!*

Invariavelmente o dia da injeção de Benzetacil amanhecia nublado e lúgubre (isso que eu nem sabia o que significava *lúgubre* naquela época). As enfermeiras que aplicavam essa injeção tinham trabalhado no DOPS e, com o abrandamento da ditadura, recorreram a outra atividade que lhes desse o prazer de fazer alguém sentir dor. Lembro do sorriso espaçoso delas me dizendo p.a.u.s.a.d.a.m.e.n.t.e: – Olha, o Doutor receitou Benzetacil. Baixa a calça que vai ser na bunda! (os olhinhos tremiam de prazer orgástico!). Olhando a parede, com as calças arreadas, podia ouvir aquela risada inaudível de bruxa enquanto a vaca furava a tampa de borracha do vidrinho do Benzetacil e o aspirava para dentro da seringa. O algodão com álcool prenunciava que a hora havia chegado e, daí, o derradeiro sinal: – Tu vais sentir uma picadinha... PICADINHA O CARALHO! Aquela porra entrava queimando, e a desgraçada ainda fazia isso lentamente, se duvidar pintando as unhas e assistindo o Chacrinha, anulando qualquer tentativa de você manter a dignidade e não chorar.

A mãe me chamava e ainda me chama de Nego. Acho que meu biotipo de índio, perto de uma irmã de olhos e pele claras, foi o motivo do apelido. Mas de verdade nunca lembrei de perguntar pra ela.

Entre tantos outros lugares, nós moramos na rua Marechal Floriano, no Centro de Porto Alegre, em um prédio que você entrava por uma galeria que tinha saída tanto por essa rua, quanto pela Av. Borges de Medeiros, que era a avenida paralela a ela. No meu quarto tinha uma cama e um sofá vermelho, daqueles que abrem, e eu e a mãe ficávamos vendo a série Galeria do Terror de madrugada. Depois de algumas imagens assustadoras, uma voz tenebrosa anunciava: "Galeria do Terror"! Então entrava o apresentador de terno e gravata, em um ambiente escuro, entre quadros e esculturas. Cada estória de terror começava a partir de uma dessas obras. O pai trabalhava na compensação do Banco de madrugada, então era só eu e a mãe. Eu era a criança mais feliz do mundo por poder ver uma série de adultos com a minha mãe.

A mãe, além de legal, era fortona.

A certa altura moramos no apartamento 32 da Avenida André da Rocha, no centro de Porto Alegre. O apartamento era grande, ficava no terceiro andar e era de fundos, mas não tinha elevador, nem garagem. No último lance de degraus tinha um vaso como um planta comigo-ninguém-pode, que, acho, era do vizinho de porta do terceiro andar, do apartamento da frente, com umas folhas verdes grandes salpicadas de branco no meio. A mãe dizia que era venenosa e nada matava ela. Nunca soube se isso era verdade, porque naqueles tempos dizer que algo era venenoso podia ser uma tentativa de fazer a criança deixar aquilo em paz. No apartamento de baixo tinha um bêbado que volta e meia gritava e quebrava o apartamento. Às vezes dava medo, outras era divertido. Sempre eu dava uma corridinha quando passava na frente da porta dele. O pai deixava o carro na rua da Cepal, que era uma loja de material escolar a umas duas quadras do apartamento.

Eu esperava a mãe acordado no dia do batuque do Pai Nelson, que ela ia ali no Cristal (ou perto dali se bem me lembro). É que ela trazia doce e pipoca. Dia de Cosme e Damião então era uma festa. Às vezes eu também ia com ela no batuque, e aquelas imagens e roupas eram muitos legais. Gostava do moço de terno branco. O pai e a vó não gostavam muito que ela fosse, mas eu só tenho boas recordações.

Lá na André da Rocha eu tinha uns 10 anos e fiquei doente de novo, passando pela compressa de vinagre e Benzetacil sem melhoras. Médico vem, médico vai, a mãe chamou uma batuqueira para me dar um passe, e nada de a doença ir embora. Cada visita que chegava lá em casa tinha uma receita infalível, e minha mãe me entupiu com todas elas sem êxito. Chegou um dia que eu delirava de febre, e ela me arrancou da cama, me enrolou no cobertor e desceu comigo no colo os três andares e assim foi até o carro, que estava a duas quadras de distância. O pai devia estar no trabalho. Com 10 anos eu já era alto, quase do tamanho da mãe, mesmo assim ela me carregou sem parar até o carro.

A mãe me levou para o Hospital Moinhos de Vento. Os médicos acharam que era meningite e programaram a retirada de líquido da coluna para ver. A mãe me prometeu uma caixa de Playmobil se eu não chorasse nem fizesse escândalo. Deu tudo certo: não era meningite, nem eu chorei. O problema é que depois do exame eu não conseguia mais andar. A mãe ficava comigo o tempo todo no hospital e coordenava com o pai pra trazer cachorro-quente do Ribs que ficava em uma praça na Avenida 24 de Outubro, perto do Hospital. Era legal beber suco e Coca-Cola na borracha de soro transparente vendo o líquido fazer curvas e mais curvas até chegar na minha boca. No final deu tudo certo, passou a febre e eu voltei a caminhar.

A mãe também era diferentona.

Uma das tantas escolas em que eu estudei foi a Rio de Janeiro, que fica no centro de Porto Alegre, perto da André da Rocha. Eu saía do apartamento, pegava uma rua perpendicular, atravessava um estacionamento que ficava na Rua Avaí, a Perimetral e – *voilà* – o colégio. A escola tinha uma entrada por uma ruela que saía na perimetral e outra pela rua Lima Silva. Um dia a mãe viu no Jornal Nacional que o aluno poderia deixar de assistir aula de religião se não fosse católico, sendo que nessa época a isso se resumia a cadeira. Perguntou se eu queria parar de assistir e, depois de eu responder sim, ela foi na escola exigir meus direitos. Foi um barraco, já que ninguém tinha ouvido falar da tal lei; fiquei sentado tentando me fazer de invisível enquanto o pau torava. A mãe dizia que só tinha me batizado e tudo que viesse depois disso caberia a mim decidir, por isso não admitia que me obrigassem a assistir religião. Depois de toda a sorte de ameaças, e passadas duas semanas, eu estava dispensado da aula. Claro que a direção não deixou barato, eu ficava sentado no pátio sozinho durante as aulas, com o colégio me olhando pelas janelas.

Hoje fico perplexo (e agradecido) com a liberdade que a mãe me dava, pois antes de ir caminhando sozinho para a Rio de Janeiro, eu, com seis anos, já ia para a escola Sévigné, que fica na Rua Duque de Caxias. Ela me dava Cr$ 5,00 (cinco cruzeiros), que era uma nota azul muito bonita, e eu saía pela André da Rocha, subia a escadaria, parava no botequinho para pegar uma batata-frita que tinha a cara de um menino de cabelo preto na embalagem, uma Coca-Cola de garrafa pequena (tinha de levar o casco) e seguia pro colégio. Mãe me levando e buscando do colégio é algo que não povoa minhas memórias.

Exemplo dessa leitura diferenciada da vida foi também a minha mãe ter deixado eu ir de ônibus para Salvador com 15 anos. Minha namoradinha disse que iria passar o verão na capital baiana e me convidou. Falei para mãe que queria ir, e ela tirou uma autorização de viagem no Juizado da Infância, conseguiu que uma amiga, que tinha salão de beleza em Salvador, me hospedasse e me desovou na rodoviária. Descobri às vésperas da viagem que o convite da minha então amada tinha sido por educação, pois certamente jamais imaginaria que eu iria. Ela me disse por telefone que não queria me encontrar lá porque já tinha outro ficante. Eu não ia perder a passagem, então fui sozinho, mas isso é outra história.

A mãe era braba, muito braba.

Uma vez eu ia viajar e o pai me levaria para pegar o avião. Eles já eram separados e eu morava com a mãe. Fui na sexta pra casa dele, o avião sairia na segunda. No sábado soubemos que as Aerolíneas Argentinas tinham entrado em greve e a viagem sido cancelada. Não avisei a mãe e fiquei na casa do pai. Mas ela soube. No sábado, o pai me levou de volta. Lembro como se fosse hoje. Virei a chave, abri a porta e as minhas malas estavam na frente. Fui até o meu quarto e descobri que ele não existia mais, tinha virado uma sala de televisão. Ela nem se despediu. Coloquei os óculos azuis que tinha comprado para a viagem e chorando peguei as malas junto com o pai e as levamos para aquele Gol cinza quadrado que ele tinha. Ele dirigiu em silêncio da Glória até o Cristal. Eu chorei em silêncio nesse percurso por detrás dos óculos azuis. O pai nunca foi de fazer perguntas, nem de dar grandes demonstrações de afeto verbal, mas ele sempre estava lá. Foi a última vez que morei com a mãe. Não falei com ela entre os 16 e os 18 anos.

Tantas vezes eu pensei que ela poderia ter sido diferente. Então a vida adulta chegou, chegaram trabalho, casamentos, filhos, e tantas vezes me peguei sendo a minha mãe na sua falta de noção, na coragem e nas paixões, bem como nos seus ódios, ressentimentos e tristezas. Isso é simplesmente a vida. Obrigado, mãe.

#FelizNatal

FACE: "Eu e meu marido estávamos indo pra Belém, pro tal do censo inventado pelo César Augusto e, de repente, aquela dor, a bolsa estourou, José sem saber o que fazer (pra variar, aff!), hotéis e Airbnbs lotados, então meu bebezinho acabou nascendo em uma manjedoura, iluminado por uma estrela que parecia aquela bola de ano novo da Times Square. José não se aguentava de alegria, falava com os bichos do local (kkkk), com uns anjos que acompanharam tudo, cantava, nem parecia a pessoa cabreira quando soube da gravidez (lembram, fiz um *post* sobre isso, acho até que vou apagar; afinal, superamos, bola pra frente!). "Gente, ele é L.I.N.D.O, A.B.E.N.Ç.O.A.D.O, M.A.R.A.V.I.L.H.O.S.O! Supercalmo, realmente um bebê D.I.V.I.N.O! Vocês estão sentados? Então é melhor sentar: a gente ainda tava comemorando e ouvimos barulho de camelos. José pegou o martelo e disse: – Deve ser ladrão." (ainn, pensei com meus botões, como se um martelo fosse nos salvar, mas ele é totalmente contra armas!). Daí ouvimos: – Ohhh de casa, licença, e eles foram entrando: todos trabalhados na moda, chegaram, chegando, nunca vi tanta seda, couro e joias, os *looks* devem ter custado uma fortuna! Na hora vi aquele ar de deboche se formando na cara do meu marido que, só por ser marceneiro, acha que todo homem que se arruma é metrossexual. Fulminei ele com o olhar! Eram reis magos (apesar de que tinha um mais baixinho que não estava tão magro assim. Kkkk. O estado puerperal está me deixando hilária!). Até o nome deles era chique: Melquior, Gaspar e Baltazar. Significavam "meu Rei é luz", "Aquele que vai confirmar" e "Deus manifesta o Rei"! Daí vocês já tiram como meu bebê é especial! Ganhamos ouro, incenso e mirra (confesso que a última coisa nem sabia o que era, mas vi que era cara, depois perguntei pro José, que me explicou tudo, ele é um crânio, uma enciclopédia ambulante). #Gratidão #BebeDivino #Salvador."

TWITTER: "O Rio Jordão estava frio e João não parava de falar. Ele estava feliz em Me batizar e Eu, feliz em ser batizado. Antes João tava tenso com esse tititi de heresia de batizar o Filho de Deus. Já expliquei tantas vezes: simbolismo, gente! Segue o fio.

"Batismo é purificação, perdão. Qdo vcs batizarem seus filhos, vão lembrar de Mim, de fazer coisas boas, de amar o próximo. Aqui é o começo, temos muito chão pela frente, então parem de ficar tentando problematizar tudo e borá fazer o bem! #Perdão #Purificação #PartiuBatismo"

TWITTER: "Hoje subiram os balões de um dos meus melhores amigos no Twitter. Parabéns @pedropescadordehomens. Parece que foi ontem que te vi naquele barco no mar da Galileia. Ali soube que vc seria meu discípulo, levaria Minha palavra e lideraria Minha igreja.

"Talvez nosso tempo seja curto aqui na terra, mas sempre estarei em ti, serei o verbo que sai da tua boca. Pedro, nunca perca seu carisma, nem desacredite sua fé. Haverá muitos que tentarão distorcer o que Eu disse, usar as coisas boas pra fazer coisas ruins. Fique firme.

"Fale muitas línguas pra mostrar que somos da paz para todo o mundo, amamos a universalidade. Felicidades, saúde e umas pilas na algibeira também ajudam. #FelizAniversario #SejaVerbo"

Fome é inadmissível. Não Me venha com teto de gasto ou âncora fiscal. Quem acredita em Mim não aceita fome. Vc deixa de ser gente se aceitar que seu irmão fique sem comida. Eu tenho o poder de multiplicar, vcs têm o poder de dividir. #AmorAoPróximo #FomeNao #Empatia

TWITTER: "Lavem suas bocas antes de falar da Madalena. Vcs fazem todo o tipo de barbaridade e são os primeiros a atirar pedras nos seus irmãos. Eu vejo e sei de tudo! Ela é mais pura que muito falso *pastor* que prega Meu nome. Parem de julgar.

"O amor é paciente, o amor é bondoso. Não inveja, não se vangloria, não se orgulha. Não maltrata, não procura seus interesses, não se ira facilmente, não guarda rancor. O amor não se alegra com a injustiça, mas se alegra com a verdade. Tudo sofre, tudo crê, tudo espera, tudo suporta. #NãoVãoCancelarMadalena"

YOUTUBE: "Vou deixar esse vídeo pra Me despedir de vocês, eles estão vindo Me buscar, fui escolhido pra ser crucificado. Aceitem Meu holocausto, é por vocês. É difícil descrever o amor que eu tenho por cada criatura deste planeta, por cada nascer do sol, por cada chuva. Nesses últimos momentos, já sinto saudade. Amem muito, vivam com intensidade, não adiem o abraço, nem o beijo e tampouco o dizer eu te amo. A travessia pode acontecer quando você menos espera, então fique em dia com sua família, seus amigos e, principalmente, com você mesmo. Sonhe mais de olhos abertos, se permita. Sim, não será o fim, mas o fluxo irrefreável da vida faz com que nunca se atravesse o rio no mesmo lugar (sim, copiei do Heráclito, não existe *copyright* com o Criador kkk). Sejam felizes e sigam em paz."

FACE: "Eu queria agradecer todas as mensagens de carinho no Meu aniversário. Vcs decoraram a casa, reuniram a família, abraçaram os amigos. Esqueceram diferenças, distribuíram empatia. Meu coração transborda de emoção qdo vcs levam presentes até pra estranhos, comida pra quem passa fome. Pensar que Eu criei vcs, hein! Parece que caiu a ficha do sentido de amar o próximo. Faz tanto tempo que estive aqui e não tem dia que eu não lembre de tudo que Eu vivi, vi e senti. Vcs são capazes de fazer as coisas mais maravilhosas. Sei que no aniversário não se fala de coisas ruins, mas tentem ser essas pessoas fantásticas também no resto do ano. Tirando o crachá de Criador, devo reconhecer, amo muito vcs!"

Ele não tinha Face, Insta, TikTok, Twitter e YouTube. Mas foi um influenciador que o mundo não conheceu igual. Não precisou impulsionar, conseguiu seguidores por causa da sua mensagem de amor, justiça e paz, que transbordou gerações pelo exemplo.

#FelizNatal!